MW01700329

Creer en el amor

DAY LECLAIRE

HARLEQUIN™

Editado por HARLEQUIN IBÉRICA, S.A.
Núñez de Balboa, 56
28001 Madrid

CREER EN EL AMOR, N.º 1905 - 13.3.13
Título original: Becoming Dante
Publicada originalmente por Harlequin Enterprises, Ltd.

I.S.B.N.: 978-84-687-2445-4
Depósito legal: M-41910-2012
Editor responsable: Luis Pugni
Fotomecánica: M.T. Color & Diseño, S.L. Las Rozas (Madrid)
Impresión en Black print CPI (Barcelona)
Fecha impresion para Argentina: 9.9.13
Distribuidor exclusivo para España: LOGISTA
Distribuidor para México: CODIPLYRSA
Distribuidores para Argentina: interior, BERTRAN, S.A.C. Vélez Sársfield, 1950. Cap. Fed./ Buenos Aires y Gran Buenos Aires, VACCARO SÁNCHEZ y Cía, S.A.

Capítulo Uno

De pronto, se abrió la puerta de su despacho y entró la mujer más hermosa que Gabe Moretti había visto jamás. Al contemplarla, sintió un extraño estremecimiento, algo que nunca había experimentado antes, y todos sus sentidos se pusieron alerta.

Una voz interior le dijo que esa mujer tenía que ser suya.

Tratando de dejar de lado ese extraño pensamiento, se concentró en ella, frunciendo el ceño. Era alta o, al menos, los tacones le hacían parecerlo y tenía una estructura corporal delicada, casi frágil. A pesar de su esbeltez, sus sensuales curvas se dibujaban bajo el traje: un traje de chaqueta que solo podía ser de Christian Dior. Un abrigo negro de lana completaba el conjunto. Llevaba el pelo color rojizo recogido en un moño en la nuca, enmarcando un rostro que parecía esculpido. Pero su belleza estaba tintada de algo especial. Estaba impregnada de carácter y fuerza de voluntad, mientras sus ojos verdes delataban inteligencia. Y su mirada parecía… angustiada, dotando a su aspecto de una pronunciada vulnerabilidad.

Sin poder evitarlo, Gabe sintió la urgencia de poseerla, más allá de toda razón. El tiempo se detuvo, envolviéndolo en las llamas del deseo. Esa mujer debía ser suya, se dijo. El corazón se le aceleró, llenándole las venas de pasión con cada latido.

La mujer titubeó en su avance, como si hubiera notado algo. Sus miradas se entrelazaron. Era evidente que ella había esperado encontrar algo diferente. ¿O estaría reaccionando ante él de la misma manera?

–¿Gabe Moretti? –preguntó la recién llegada con voz sensual.

–Lo siento, señor Moretti –se disculpó su secretaria, después de entrar corriendo–. No ha consentido pedir cita y exigía verlo de inmediato.

Gabe cerró el informe que estaba leyendo y se puso en pie. Dedicó a la desconocida una de sus famosas miradas de hielo. Ella se la devolvió con ojos cristalinos y fieros como el fuego.

–¿Por qué no comenzamos por el principio? –sugirió él. Para su sorpresa, fue capaz de hablar con calma, aunque el deseo lo poseía sin piedad–. Por ejemplo, ¿quién eres?

–¿No me reconoces? Deberías –repuso ella–. Soy Kat Malloy.

Aquella afirmación lo sacudió como un puñetazo en el estómago. Esa mujer nunca podría ser suya. Por mucho que la deseara, era la última mujer sobre la faz de la Tierra a la que se llevaría a la cama.

Solo la había visto una vez en su vida: en la cama de otro hombre, del anterior prometido de su difunta esposa. Kat Malloy era la prima de ella, para ser exactos.

Gabe le hizo un gesto a su secretaria para que se fuera.

En cuanto se quedó a solas con Kat, lanzó su primera andanada.

–Tal vez, si no llevaras ropa, me habría costado menos recordarte.

Ella lo miró irritada.

–Qué amable, eres todo un caballero.

–No sigas por ese camino –replicó él con voz suave– o me obligarás a sacar a la luz lo poco que tú encajas en la descripción de una dama.

Kat se encogió de hombros, aunque no pudo evitar sonrojarse. Bien, pensó él. Mientras mantuviera su hostilidad, podría impedir que otras emociones se inmiscuyeran. Como el deseo. O la necesidad de arrancarle la ropa y poseerla.

–No has aceptado darme una cita. Lo menos que podías hacer es tener la cortesía de escuchar lo que tengo que proponerte.

Gabe se quedó mirándola. El silencio comenzó a pesar sobre ellos.

–No te debo nada. Quizá, tú sí se lo debas a mi difunta esposa. Después de todo, eras la prima de Jessa –señaló él–. Por cierto, ¿sabías que te quería como a una hermana? Incluso después de lo que le hiciste, tras tu aventura con Benson Winters, se pasó los dos últimos años de su vida llorando por haber roto su relación contigo.

–¿Ah, sí? –preguntó Kat, arqueando las cejas–. Pues tenía una forma muy peculiar de demostrarlo, teniendo en cuenta que puso a nuestra abuela en mi contra y me vilipendió en la prensa. A mí eso no me parece propio de una buena hermana.

–Quizá porque te acostaste con su prometido. Y, aunque yo salí ganando cuando acudió a mí en busca de consuelo, fue algo despreciable por tu parte.

–Eso dice todo el mundo –replicó ella–. Por alguna extraña razón, yo tengo una versión diferente de lo que pasó esa noche.

Kat recorrió el amplio despacho con la mirada y eligió tomar asiento en el sofá. Se quitó el abrigo, lo dejó en el respaldo y se sentó cruzando las piernas. Unas piernas largas y bien torneadas en las que él no pudo evitar fijarse. Pero debía recordar que era venenosa como una serpiente. Aunque eso no lo consolaba, al parecer, su cuerpo no temía el veneno, solo quería tener esas piernas a su alrededor.

–Antes de que me eches, deberías saber algo importante –indicó ella con calma y una sonrisa–. Tengo algo que tú quieres.

–No quiero nada tuyo. Ni ahora ni nunca.

Kat enderezó la espalda con elegancia, poniéndose las manos sobre el regazo.

–En concreto, me refiero a Deseo del Corazón.

Gabe se quedó petrificado. Se había pasado años tratando de comprarle a Matilda Chatsworth el collar de diamantes que había pertenecido a su madre. La familia de Kat sabía muy bien lo mucho que él quería tenerlo. Sabía que estaba dispuesto a cualquier cosa con tal de conseguirlo.

La madre de Gabe, Cara, había diseñado el collar cuando había empezado a trabajar en la joyería Dante´s. En esos tiempos, había conocido a Dominic Dante, el hijo del dueño, y se había enamorado de él. Habían mantenido una apasionada aventura y habían estado a punto de casarse. Pero, en vez de elegir a su madre, Dominic había preferido a una mujer con una nutrida cuenta bancaria. Sintiéndose traicionada, Cara se había mudado a Nueva York pero, tiempo después, cuando Dominic había vuelto a buscarla, ella había caído en sus brazos. En aquella última noche que habían pasado juntos, habían sido concebidos Gabe y su hermana gemela, Lucía. Luego, Cara se había negado a volver a ver a Dominic.

Según Dominic, él nunca había olvidado a Cara, ni había dejado de amarla. Había pasado años tratando de encontrarla. Al fin, quince años después, había descubierto que había tenido dos hijos. Entonces, le había pedido que se casara con él, a pesar de seguir casado con su esposa, Laura. Le había regalado a Cara el collar que ella había creado para la firma, al que él había bautizado como Deseo del Corazón en su honor, junto con un anillo, prometiéndole que volvería a buscarla cuando se divorciara, para casarse y darle a sus hijos su apellido. Por supuesto, no había cumplido su palabra y Cara había quedado destrozada, con aquellos diamantes como único recuerdo de su amor.

Gabe solo tenía veinte años cuando su madre enfermó. Desesperado por conseguir dinero para cuidarla, vendió el collar a Matilda Chatsworth, con la esperanza de poder recuperarlo después.

Tardó en darse cuenta de lo que el collar simbolizaba para él. Representaba al hombre que lo había engendrado y a la familia que lo había rechazado. Y a la hermana y la madre que siempre habían estado a su lado, en lo malo y en lo bueno.

Por desgracia, cuando Gabe tuvo el dinero necesario para recuperar Deseo del Corazón, Matilda se negó a venderlo. Incluso cuando se casó con Jessa, su nieta, no pudo acercarse al collar. Lo que no entendía era por qué, después de todos esos años, Matilda había decidido dárselo a Kat en vez de vendérselo a él. Sobre todo, cuando había repudiado a su nieta díscola por haber traicionado a Jessa.

–¿Tú lo tienes?

–Mi abuela se comunicó conmigo hace poco. Me pidió que volviera a casa –contestó ella tras titubear un momento–. No se encuentra bien. Me dijo que me daría el collar cuando... –añadió, y se interrumpió con gesto de dolor–. Después de su muerte.

–En ese caso, ven a verme cuando lo tengas. Ahora, si no te importa... –indicó él, haciendo un gesto con la cabeza hacia la puerta– estoy ocupado.

–Me temo que hay algo más –señaló ella y, mirando a su alrededor, posó los ojos en el mueble bar–. ¿Puedo tomar un poco de agua? Me muero de sed.

–¿Es que piensas fingir que te importa la muerte de tu abuela, Kat? Lo siento, preciosa, pero no me lo trago.

Gabe percibió una mueca de dolor en su interlocutora, antes de que ella pusiera cara de póquer.

–Cualquier lágrima que derrame por mi abuela,

será real. Después de que mis padres murieran cuando tenía cinco años, ella me crio. Le debo más de lo que puedo expresar con palabras. Pero no te preocupes, no me derrumbaré delante de ti. Nunca lloro. Jamás.

Gabe fue directo al grano.

–¿Cuánto quieres por Deseo del Corazón?

–No está en venta.

Él se puso en pie, maldiciendo.

–Eres increíble, ¿lo sabías? Primero, te acuestas con Benson Winters, el anterior prometido de Jessa. Luego, encuentras la manera de recuperar el favor de Matilda y pones las manos en el collar. ¿Por qué? ¿A qué juegas?

–No es un juego. Nunca lo ha sido.

–Te pagaré bien por el collar. El dinero no es un problema –aseguró él.

–No quiero dinero –negó ella con una fría sonrisa–. ¿Me das algo de beber?

Maldición, pensó Gabe. No había pasado más de cinco minutos con esa mujer y ya estaba perdiendo los estribos. Debía de ser porque la deseaba. ¿Qué diablos le estaba pasando?

Sin decir palabra, se acercó al mueble bar.

–¿Con gas o natural?

–Natural.

—Has estado escondiéndote en Europa los últimos cinco años –comentó él, sirviendo el agua.

–No me he escondido –se apresuró a protestar Kat.

Interesante, se dijo Gabe. Parecía que había tocado otro punto débil de Kat.

–Mentira. Escapaste del país en cuanto se hizo pública tu aventura con el prometido de tu prima, el candidato al Senado Benson Winters. Y has estado fuera desde entonces. Ni siquiera volviste cuando Jessa y yo nos casamos, ni en su funeral –recordó él, entregándole el vaso. Con satisfacción, percibió cierto temblor en la mano de ella–. Pero, en cuanto descubriste que podías ponerle las manos encima a Deseo del Corazón, has regresado a Seattle.

Kat le dio un rápido trago a su vaso de agua, sin duda, para ganar tiempo para recuperar la calma.

–¿Por eso te has negado de forma sistemática a verme? ¿Porque no asistí al funeral de Jessa?

–Es una buena razón, ¿no te parece?

–Pero no es la verdad –adivinó ella, mirándolo a los ojos.

Quizá, si se centrara en su rabia, desaparecería el deseo, pensó Gabe. O, al menos, disminuiría. ¿Pero por qué se sentía atraído por una mujer que solo merecía su desprecio?

–¿Qué no es la verdad? ¿Que no te molestaste en asistir al funeral de tu prima o que solo has vuelto para apoderarte del collar?

–Jessa no habría querido que fuera –respondió ella, encogiéndose de hombros.

–No lo dudes. Aun así, cuando Matilda te dice que está enferma, regresas a su lado como un buitre hambriento. ¿O me equivoco?

Kat se encogió con un brillo de vulnerabilidad en los ojos. Sin duda, era un gesto ensayado y fingido, adivinó él.

–No te equivocas. He venido porque mi abuela está enferma.

–No es por eso por lo que estás aquí, ¿o sí? –repuso él con cinismo–. Presumo que has venido porque sabes lo mucho que quiero tener el collar.

–Tienes razón. Así es –afirmó ella, levantando la barbilla–. Apuesto a que harías cualquier cosa con tal de tenerlo en tu poder.

–Dime cuánto quieres.

–No quiero dinero. Lo que quiero a cambio del collar es muy sencillo y está en tu poder concedérmelo –aseguró ella y, tras una pausa, continuó–: He oído que eres uno de los mejores negociadores de Seattle. Mi abuela es una mujer muy tradicional. Por supuesto, se preocupa por mí y por mis… desafortunadas elecciones de pareja –explicó ella, eligiendo cuidadosamente las palabras–. En este momento, no está dispuesta a reconciliarse. Solo me ha informado de que está enferma y que piensa dejarme el collar en herencia.

–¿Es que quedarte con el collar no es bastante para ti?

–No. Quiero más. Mucho más.

–Tu abuela es muy rica. Déjame adivinar. Crees que tienes derecho a quedarte con su fortuna.

–Lo que quiero es reconciliarme con ella –le corrigió Kat–. Mis razones solo me incumben a mí.

–¿Y yo que tengo que ver con eso?

–Mi abuela me ha dejado claro que necesita que le demuestre que soy respetable. Sus palabras exactas fueron –dijo ella y frunció el ceño–: Quiero ver con mis propios que te estableces con un hombre respetable que no se deje manipular.

–Cielos.

–Sí, eso pensé yo también. Sin embargo, si hago lo que me pide, creo que me recibirá con los brazos abiertos. Por eso, necesito encontrar un hombre respetable. Como tú.

Gabe se quedó mirándola, atónito.

–¿Me estás proponiendo matrimonio? Mi respuesta es no. De ninguna manera. Debes de estar loca.

Sus palabras no consiguieron expresar su reacción por aquella ultrajante proposición. Ni su deseo. Casarse con ella implicaría dormir juntos, pensó, y recordó cuando había visto a Kat en aquella cama, desnuda y hermosa.

Entonces, había quedado impresionado por ella. Había asumido que no había sido más que una reacción instintiva masculina ante una mujer bella y sin ropa. Sin embargo, nunca había entendido por qué su imagen se le había quedado grabada en la mente durante los últimos cinco años. Por otra parte, la imagen de su esposa, que había muerto hacía apenas dos años, casi se le había borrado.

–Tranquilo, Gabe –repuso ella, riendo–. No te estoy proponiendo matrimonio, sino solo un compromiso. Quiero demostrarle a mi abuela que he sentado la cabeza. Y tú me ayudarás a hacerle feliz en sus últimos meses de vida.

–Como si a ti te importara algo su felicidad…

–La verdad es que sí me importa. A pesar de

todo lo que ha pasado, sigue siendo mi abuela –señaló ella–. Por otra parte, no hay nadie más perfecto que tú para el papel. Como estuviste casado con Jessa, nuestro compromiso me convertiría de inmediato en alguien respetable. Tienes fama de ser honrado, justo e íntegro. Eres el tipo de hombre que mi abuela tiene en mente para... –añadió e hizo una pausa, sonriendo– meterme en cintura.

–No.

–Piénsalo, Gabe –insistió ella con una sonrisa seductora–. Estaré a tu merced, obligada a seguirte en todo. Y, a cambio, conseguirás Deseo del Corazón. Los dos saldremos ganando.

Gabe titubeó un momento, dudando cómo manejar la situación. La propuesta le resultaba más tentadora de lo que podía creer. Tal vez, no mereciera la pena resistirse, pensó y pulsó el intercomunicador que tenía sobre la mesa.

–¿Sarah?

–Sí, señor Moretti –contestó de inmediato su secretaria.

–Cancela el resto de mis citas por hoy. Estaré fuera de la oficina hasta el lunes. Cámbialo todo para la semana que viene.

Sin esperar respuesta, Gabe tornó su atención en Kat y señaló hacia la puerta.

–¿Vamos?

–Ir... ¿adónde?

Él sonrió al notar su desconfianza.

–A consumar nuestro futuro acuerdo de negocios, claro. Si es que llegamos a un acuerdo.

–Consumar –repitió ella, poniéndose tensa.

Gabe no podía evitar provocarla.

–Así se llama al resultado final cuando una propuesta es aceptada, ¿no? Las partes consuman el acuerdo –indicó él, arqueando una ceja–. Sugiero que vayamos a un sitio más privado para hacerlo. Después de todo, eres tú quien ha dicho que el trato incluiría tenerte a mi merced, forzada a seguir mis deseos. Bueno, cariño, pues lo que yo quiero es consumar nuestro acuerdo. Así que ya puedes empezar a suplicar piedad.

–Debes de estar de broma –se defendió ella, con aspecto ultrajado.

–No, no bromeo –aseguró él–. Estoy dispuesto a mantener negociaciones. Incluso igual llamo a mi abogado para que redacte un bonito documento legal que especifique tus obligaciones. Después... –susurró y se acercó a ella, deteniéndose a solo unos centímetros–. Bueno, digamos solo que tenías razón. Haré lo que sea para ponerle las manos encima a ese collar.

–¿Hasta acostarte conmigo? –preguntó ella.

–Si insistes...

–No, no insisto. No quiero acostarme contigo ni con nadie –aseveró ella con vehemencia–. Solo quiero tener contenta a mi abuela.

Su apasionada respuesta despertó la curiosidad de Gabe.

–Lo único que yo quiero es Deseo del Corazón. Fuiste tú quien me propuso salir juntos para conseguir nuestros mutuos objetivos.

–Eso no quiere decir que tengamos que… –dijo ella, y se interrumpió, bajando la vista.

–Creo que eso tendremos que negociarlo. Y, como sabes, soy un experto negociador –señaló él–. Te has puesto en mi camino y posees algo que yo quiero. ¿Por qué te sorprende que acepte lo que me has puesto en bandeja?

–No era esa mi intención –aseguró ella con tono de pánico–. Sabes que no era así.

–Pero es lo que has conseguido. Ahora, vayamos a un lugar íntimo donde nadie nos interrumpa para delimitar en qué consistirá nuestro trato. Te aseguro que nada va a interponerse en mi camino para hacerme con el collar. ¿Está claro?

Kat se quedó mirándolo con la respiración acelerada. Sus ojos brillaban de frustración. Sin embargo, al contrario de lo que él esperaba, no se rindió y se enfrentó a él con gesto desafiante.

–No ha nacido el hombre que me diga lo que debo hacer.

En ese momento, Gabe supo que estaba dispuesto a todo con tal de tener a aquella mujer, sin importarle quién fuera ella.

Sin darle tiempo a decir más, Gabe la condujo fuera del edificio, hasta su coche. Hicieron el viaje en silencio, aunque la tensión que fluía entre ambos no hacía más que crecer por momentos.

Aparcaron en una majestuosa finca a orillas del lago Washington.

–Es hermoso –murmuró ella, mirándolo perpleja.

–Espera a ver las vistas del lago.

Gabe la guió a la puerta principal, abrió y, sin previo aviso, tomó a Kat en sus brazos y entró con ella. Cuando la dejó en el suelo, ella intentó apartarse, pero él no se lo permitió.

–Bienvenida a mi casa, señorita Malloy.

Gabe no entendió lo que pasó después. Una irresistible locura se apoderó de él. Fuera cual fuera la razón, él le agarró la mano y la tomó entre sus brazos. Acto seguido, inclinó la cabeza y la besó con pasión.

En cuanto sus manos y sus labios se tocaron, el deseo explotó como una bomba entre los dos, envolviéndolo en sus llamas, derritiéndolos de una manera que Gabe no había experimentado nunca antes. Su sangre se convirtió el lava en cuestión de segundos, solo ansiaba que aquella locura lo consumiera en sus llamas. Quería marcar a aquella mujer, poseerla.

Ella debía ser suya.

Capítulo Dos

Kat no tenía ni idea de qué le había hecho Gabe Moretti. Solo había sido un beso. Pero, en cuanto sus labios se habían tocado, el deseo la había poseído de una forma nueva para ella.

Al instante, su cuerpo se había convertido en un humano. Y había deseado ser suya con cada célula de su ser.

Ningún hombre la había tocado nunca de esa manera. Ni física ni emocionalmente. Ella se había esforzado siempre en mantener las distancias con cualquiera que lo hubiera intentado. Sin embargo, con un solo beso, sus defensas se habían esfumado como el humo. ¿Cómo era posible?

Si Gabe quisiera desnudarla y tomarla allí mismo, Kat no podría resistirse. Ya no se sentía dueña de sí misma, ni podía controlar la pasión que la invadía.

Ansiaba que aquel hombre la marcara, la poseyera.

Debía ser suyo.

En cuanto fue consciente de sus pensamientos, Kat trató de reprimirlos. Con un grito, se apartó de los brazos de Gabe y dio un paso atrás, sintiéndose como si estuviera separándose de una parte de sí misma. Luego, dio otro paso para alejarse y otro, hasta que chocó con la espalda en la puerta.

No. De ninguna manera podía entregarse a él, se dijo. Gabe pertenecía a un pasado doloroso, relacionado con Jessa y el escándalo. Y ella había planeado empezar de cero, rompiendo lazos con el pasado. Prometerse con Gabe había sido parte de su plan, pero nunca había considerado implicarse emocionalmente. Sin embargo, en ese momento, se sentía atrapada en las redes del deseo.

–¿Qué me has hecho? –susurró ella.

–Te he besado.

Kat meneó la cabeza y notó cómo el moño se le deshacía y el pelo le caía por la espalda. Por alguna razón, le pareció una señal más de que su propio cuerpo la traicionaba. El beso no podía haber durado más que unos segundos y, sin embargo, la había transformado por completo.

Ella siempre se había vanagloriado de ser fría y mantener las distancias. Pero, con solo tocarla, Gabe la había desnudado de toda protección.

–No ha sido un beso –protestó ella, llevándose los dedos temblorosos a los labios–. Quemaba. ¿Cómo lo has hecho?

–Ha ocurrido sin más –contestó él con un brillo dorado en los ojos–. No sé ni cómo ni por qué.

–¿Te pasaba lo mismo con Jessa? –quiso saber ella y se humedeció los labios. Los tenía calientes, hinchados… y deliciosamente sensibles–. ¿Es algo propio de los Moretti?

–¿De los Moretti? –preguntó él, arqueando una

ceja sorprendido. Meneó la cabeza–. No. Supongo que, en todo caso, será propio de los Dante.

–¿Dante? –inquirió ella. ¿Se refería a los Dante que habían tenido la joyería donde había sido creado el collar? Eso no tenía sentido–. No entiendo.

–Ni yo, pero pienso investigarlo –aseguró él y se acercó un paso–. No sé tú, pero yo necesito un trago. Y no de agua.

–Es apenas mediodía.

–Necesito beber algo –repitió él y señaló una habitación que daba al vestíbulo–. Si quieres esperarme en el salón, pediré que nos traigan la comida.

–Me gustaría refrescarme un poco –dijo ella, mirando a su alrededor con incomodidad–. ¿Dónde puedo...?

–Hay un baño ahí mismo, al otro lado del salón.

Rezando porque sus piernas temblorosas no le jugaran una mala pasada, Kat se dirigió en la dirección que él señalaba y entró en el salón. Era una sala muy hermosa y acogedora, con suelo de madera y muebles antiguos. Sin detenerse a admirarla, continuó hasta el baño.

Con solo una ojeada ante el espejo, Kat confirmó sus peores miedos.

No parecía una mujer que acababa de ser besada sin más. Parecía una mujer desnuda e indefensa. De alguna manera, Gabriel Moretti había conseguido abrir la caja de Pandora que ella había ocultado en su interior, sacando a la luz sus terrores más secretos. Y lo había hecho con un solo beso. ¿Cómo era posible?

¿Y qué había sido ese fuego que había ardido entre ellos? No había sido pasión nada más. Había sido algo incontrolable, como si el destino hubiera tomado las riendas de su vida. No tenía ninguna duda de que esos hados la conducían directa a los brazos de Gabe, donde no tenía ni la más mínima intención de volver. Y, al mismo tiempo, ansiaba explorar esa sensación...

Jessa había sido muy afortunada, pensó ella.

Llevándose una mano a la boca, se dio cuenta de que los dedos seguían temblándole. Y tenía los ojos llenos de dolor. El pelo suelto y los labios hinchados le daban el aspecto de una mujer que acababa de ser amada. Cielos. Y solo había sido un beso...

¿Qué habría pasado si él hubiera querido llevar la situación más lejos?

Pero aquello no podía ser, se dijo a sí misma con firmeza. No podía permitirlo.

Decidida, abrió el bolso y sacó el maquillaje, dispuesta a reconstruir las barreras que, a lo largo de los siglos, las mujeres habían usado para protegerse. Después, con el moño en su sitio de nuevo, se sintió un poco mejor. Lo malo era que no podía disfrazar su mirada.

Cerrando los ojos, recordó todo lo que había pasado y todo lo que había conseguido hasta el momento. Pensaba conseguir mucho más. No podía olvidar lo mucho que le debía a su abuela, quien la había criado tras morir sus padres. Ni todo lo que había sufrido en los últimos cinco años y cómo había tenido que estirar cada céntimo recibido de la herencia de sus padres. La vida había sido más que difícil hasta que sus finanzas habían mejorado hacía dieciocho meses, al menos, lo bastante como para poder permitirse ropa y calzado de calidad.

Sin embargo, lo más importante para ella era reconciliarse con la mujer que había sido el centro de su vida hasta hacía cinco años. Por no mencionar su objetivo de mudarse a San Francisco y trabajar como diseñadora de joyas para Dante´s. Eran buenos motivos para seguir adelante y no dejarse desviar del camino.

Al mirarse de nuevo al espejo, Kat vio a una mujer a cargo de su propio destino. Y se sintió capaz de resistirse a Gabe Moretti. Respirando hondo, rezó porque él percibiera lo mismo en sus ojos.

Cuando regresó al salón, él estaba sirviendo las bebidas. La miró con un brillo en los ojos.

–¿Estás mejor?

–Mucho mejor.

–¿Quieres un trago?

Kat se encogió de hombros. ¿Por qué no?

–Gracias. Sin hielo, por favor.

–He pedido la comida. Nos la traerán enseguida. También he llamado a mis abogados. Tom Blythe redactará el acuerdo. Puedo asegurarte que es un hombre discreto –afirmó él, se acercó y le tendió una copa.

Sus dedos se rozaron, despertando en Kat los recuerdos del beso. Trató de concentrarse en el presente.

–¿Por qué no me expones tu propuesta y lo hablamos?

–Es muy sencillo –repuso ella, agradecida porque él adoptara un tono profesional–. Para empezar, quedamos en vernos en algún sitio público, para que se fijen en nosotros. Luego, seguimos saliendo durante unos meses. Anunciamos nuestro compromiso y dejamos que el tiempo pase hasta que... –señaló y se interrumpió para darle un rápido trago a su bebida. No se sintió capaz de pronunciar en voz alta que pensaba esperar hasta que su abuela muriera.

–Creo que es un poco más complicado que eso.

–¿Por qué? –preguntó ella, arqueando una ceja.

–Tenemos que concretar dónde nos encontraremos y durante cuánto tiempo vamos a salir. Cómo y cuándo anunciaremos el compromiso, la mejor manera de manejar la situación con Matilda y cuándo tendrá lugar la transferencia del collar –indicó él y la mirada se le oscureció–. Por no mencionar... cuándo consumaremos nuestro acuerdo.

En esa ocasión, Kat no necesitó que la tocara para sentirse a su merced. Dio otro trago antes de hablar, esperando que su voz no delatara su nerviosismo.

–Sugiero que quedemos en un lugar de moda para las citas iniciales. No estoy muy al tanto, así que es mejor que lo elijas tú.

–Me parece bien.

–En cuanto a cuándo anunciar el compromiso, pienso que podemos esperar entre tres y seis meses.

–Uno.

Ella meneó la cabeza.

–Nadie va a tragarse eso.

–Creo que sí –afirmó él, sonriendo con sensualidad–. Sobre todo, cuando se den cuenta de que no puedo apartarme de ti.

–Tres meses –insistió ella con desesperación.

–Uno.

–La gente no se lo va a creer –repitió ella, tensa–. Y es importante que sea creíble.

–La gente se creerá que soy un tonto enamorado –aseguró él–. Pero, por desgracia, tu reputación te precede, así que no serán tan generosos en su opinión sobre ti. Y, cuando yo rompa el compromiso, tu escarceo con la respetabilidad habrá terminado.

Entonces, Kat lo entendió. Se quedó pálida de inmediato y se quedó sin respiración.

–Cuando rompas el compromiso, esperas unirte al consenso general, ¿verdad? –preguntó ella, casi en un susurro–. ¿Por qué? ¿Por qué ibas a querer hacer eso?

–Puedes considerarlo un regalo de boda de Jessa –repuso él con sarcasmo–. O también puedes negarte y abandonar el trato con la cabeza bien alta. Sin embargo, algo me dice que no lo harás, aunque eso signifique verte envuelta en otro escándalo y que tu reputación quede hecha pedazos una vez más.

–Si destruyes mi reputación, ¿cómo voy a convencer a mi abuela de que he cambiado?

–No pretendo hacerlo mientras Matilda esté viva. Mientras, creerá lo que yo le diga. Si yo te doy mi aprobación, ella creerá lo que quiere creer. Pero nosotros dos conoceremos la verdad, ¿no, Kat? Y, al final, también la conocerá el resto de Seattle.

Una voz dentro de ella le urgió a salir corriendo. Nada merecía tanta humillación.

Sin embargo, un pequeño detalle se lo impidió. Algo había cambiado dentro de ella cuando la había besado. Era algo que no podía explicarse.

De alguna manera, se había forjado una conexión entre ambos y Kat se sentía incapaz de escapar. No quería hacerlo. Necesitaba quedarse hasta que el vínculo que los unía se disolviera, por muy doloroso que fuera.

Ella había acudido a Seattle con un objetivo: reconciliarse con su abuela. Eso era lo único que le importaba. O, al menos, eso había creído antes de entrar en el despacho de Gabe Moretti y ser poseída por un deseo imposible de resistir.

Kat cerró los ojos. De acuerdo. Acababa de comprobar que era vulnerable al deseo, igual que cualquier otra mujer del mundo. Eso no cambiaba su propósito. Cuando hubiera hecho feliz a su abuela, podría seguir con su vida y empezar de cero. Aquel era su sueño dorado. Y lo había sido durante los últimos cinco años.

–¿Y bien? –preguntó él–. ¿Aceptas?

–Digamos que estoy abierta a seguir negociando –contestó ella, intentando disimular su desasosiego.

–Insisto en redactar un acuerdo legal que te obligue a entregarme Deseo del Corazón.

–También debe recoger tus obligaciones –le espetó ella de inmediato–. Necesito que prometas mantener el compromiso y tratarme de forma apropiada mientras mi abuela esté viva. Y pienso definir al detalle qué considero apropiado.

–Me parece justo.

–¿Entonces estamos de acuerdo?

Él negó con la cabeza.

–Espero de ti que consumemos nuestro trato.

Kat se sonrojó. Comenzó a dar vueltas por la habitación y se detuvo para observar una estatuilla de madera oscura exquisitamente tallada. La acarició, deseando que su vida discurriera de una manera tan suave como sus dedos sobre esa superficie.

Desde pequeña, todo a su alrededor había sido inestable. Solo su abuela le había ofrecido un poco de seguridad. Desde la tierna edad de cinco años, cuando sus padres habían muerto de un virus en una misión humanitaria, Matilda había sido el centro de su mundo.

Hasta que Jessa había cambiado las cosas.

–Imagino que con eso de consumar nuestro trato te refieres a que quieres dormir conmigo –adivinó ella, girándose hacia él.

–Nada de eso.

–Ah. Entonces, ¿a qué te refieres? –inquirió ella, confusa.

–Dormir no entrará en nuestro trato –afirmó él, acercándose en silencio–. El sexo, sí.

Kat no estaba dispuesta a aceptar algo así. Abriría la puerta a demasiados conflictos. Había asumido que él quería el collar tanto como ella quería reconciliarse con su abuela. Pero, igual, se había equivocado.

–Lo siento, pero eso no pasará.

–¿Tú crees?

–Digamos que estoy reservándome para el matrimonio –señaló ella, mirándolo a los ojos con seriedad.

Gabe soltó una risotada burlona.

–Me gusta tu sentido del humor.

–No creo que haya dicho nada gracioso –puntualizó ella, tratando de ignorar las sensaciones que él le despertaba.

Gabe la acarició con ojos brillantes, llenándola de promesas silenciosas.

–Bien –dijo él al fin–. Si insistes en esperar hasta casarte, lo aceptaré.

Sin embargo, Kat sabía que él no lo decía en serio y que esperaba que ella sucumbiera a sus instintos más básicos. Por desgracia, había muchas posibilidades de que así fuera.

–¿Trato hecho, entonces?

–Sí –afirmó él, levantando su copa hacia ella.

Cuando ambos hubieron bebido y hubieron dejado las copas, Gabe se acercó y la tomó entre sus brazos.

–¿Qué estás haciendo? –preguntó Kat, alarmada.

–Consumando nuestro trato.

–No es eso lo que acabas de decir –protestó ella, tratando de zafarse.

–Acepté esperar si insistías en que lo hiciera. Eso

no significa que no vaya a intentar hacerte cambiar de idea –advirtió él e inclinó la cabeza hacia ella–. ¿Te sientes tentada, Kat?

Gabe había pensando que ese beso sería diferente.

Pero no fue así.

El vínculo que había surgido entre ellos con el primer beso se intensificó. Sus venas se convirtieron en fuego, llevando el deseo a niveles insoportables. Con un suave gemido, ella entreabrió los labios para dejarle saborearlos. Él nunca había probado nada tan delicioso. Era como si esa mujer hubiera sido especialmente creada para él, para su disfrute y su placer. No conseguía saciarse. Quería más.

Gabe le abrió la chaqueta y deslizó la mano por su cuerpo hasta tocarle el sujetador de encaje negro, rozando una piel suave y pálida como la crema. A ella se le endurecieron los pezones y se le aceleró la respiración.

La acarició, satisfecho de comprobar que estaba tan excitada como él, y la guio hacia atrás, hacia el sofá. Necesitaba tomarla cuanto antes. Al chocar con el asiento, ella soltó un gritito y cayó sobre los cojines.

Así tumbada sobre el sofá verde, con la chaqueta abierta y el pelo suelto de nuevo sobre los hombros, estaba hermosísima. Ella levantó los ojos hacia él.

Gabe había esperado encontrarse con la mirada de una mujer experimentada, que se hubiera encontrado muchas veces en la misma situación. Sin embargo, relucían de indefensión y confusión.

Aunque podía ser parte de su farsa, se recordó a sí mismo. Aquella mujer era una maestra del arte de la manipulación y la mentira.

Aun así, la deseaba.

Él se sentó a su lado y le tomó el rostro entre las manos, enredando los dedos en aquel pelo ondulado color fuego que le caía con exuberancia sobre la espalda.

–¿Por qué lo llevabas recogido?

–Para mantenerlo bajo control.

–Te gusta tenerlo todo controlado –adivinó él con una sonrisa.

–Sí –admitió ella y se incorporó en el sofá–. Aunque contigo parece que no me funciona.

–A mí me pasa lo mismo –reconoció él–. Pero hay una solución fácil.

–Si te refieres a hacer el amor, no me parece que sea una solución fácil.

Gabe no pudo disimular una cínica carcajada.

–¿Hacer el amor?

–Tener sexo –se corrigió ella, encogiéndose de hombros.

–Eso me parece mejor –repuso él y la besó en la mandíbula, haciéndola estremecer–. Y confía en mí: es la solución más fácil, teniendo en cuenta el problema que tenemos tú y yo.

–Sería otra complicación más.

Gabe siguió bajando con sus besos, llegando a su cuello. Sintió el pulso de ella en la boca.

–Una complicación deliciosa.

Los pequeños jadeos de ella no hicieron más

que echar leña al fuego del deseo de Gabe. Debía poseerla cuanto antes, si no, se volvería loco.

–Por no mencionar que es necesaria.

–¿Por qué?

–Tenemos que dar la impresión de estar locos el uno por el otro.

Kat cerró los ojos.

–Eso no significa que tengamos que estarlo.

Él le quitó la chaqueta de los hombros y se la bajó hasta las muñecas.

–No quiero que nadie ponga en duda que somos amantes. Y para eso nos conviene ensayar. Si no, la gente se dará cuenta de que estamos fingiendo.

–Nuestra atracción no es fingida. Tal vez, con eso baste.

–No. Tú has tenido relaciones con otros hombres antes. Y sabes, tan bien como yo, que eso cambia las cosas.

–¿Ah, sí? ¿Lo sé?

–Oh, por favor, no te hagas la inocente conmigo.

–Supongo que no serviría de nada, ¿verdad?

–Teniendo en cuenta que fui yo quien te encontró con Winters, no –señaló él, aunque no quería sacar ese tema. No deseaba que la sombra de otro hombre estropeara el momento–. Sé razonable, Kat. Has tenido amantes. Piensa en cómo eres con ellos, cómo hablas con ellos. Esas pequeñas caricias y miradas que solo comparten los amantes. Lo que aprendes sobre otra persona cuando has compartido cama con ella se manifiesta en la forma en que te comportas ante su presencia, tanto a nivel consciente como subconsciente.

–¿Y tenemos que llegar a ese grado de intimidad?

–Sí –afirmó él. Quiero tocarte y que todo el mundo sienta que te he tocado de esa manera en la cama. Quiero que todo el mundo vea esa expresión en tus ojos y que adivinen que, la última vez que me miraste así, nuestros cuerpos estaban entrelazados bajo las sábanas.

Cuando Kat se estremeció, Gabe comprendió que sus palabras la excitaban tanto como su contacto.

–No quiero hacer esto –dijo ella.

Sin embargo, de alguna manera, él sospechó que no lo decía en serio.

Le acarició los pechos por el borde del sujetador, mientras ella se ruborizaba y su respiración se aceleraba. Tras inclinar la cabeza, él le tocó el pezón con los dientes a través del tejido de encaje, humedeciéndolo. Ella soltó un gemido que lo provocó más allá de todo límite. Le bajó el sujetador, poseído por el ansia de tomarla en ese mismo instante.

Era tan hermosa como la recordaba. Sus pechos redondos y turgentes estaban coronados por pezones color melocotón. Lo que más quería en el mundo era probarlos, saborearlos. Pero, antes de que pudiera ponerse en acción, alguien llamó a la puerta.

–¿Señor Moretti? La comida está lista.

Kat se quedó petrificada.

–¿Qué estamos haciendo? –le increpó ella, mirándolo horrorizada.

–Creo que se llaman preámbulos –contestó él y le miró los pechos–. Un aperitivo de lo que vendrá.

–Nada de eso –negó ella, se colocó el sujetador y empujó a Gabe–. Por favor, aparta.

–¿Nada de aperitivos? –preguntó él y suspiró–. Eso significa que tampoco habrá postre, ¿verdad?

–Nunca como postre.

Gabe lanzó un último vistazo a sus pechos. Se puso en pie y le tendió la mano. Le sorprendió que ella aceptara su ayuda sin rechistar.

–Supongo que querrás refrescarte de nuevo.

–¿Para qué? –replicó ella, desanimada.

–Para nada –contestó él y se pasó la mano por el pelo para peinarse, mientras ella se cerraba la chaqueta–. Además, me gusta que lleves el pelo suelto. Te hace parecer más humana.

Kat no protestó y lo siguió al comedor con un gran ventanal que daba al lago. Durante un instante, ella se quedó admirando las vistas.

–¿Te gusta?

–¿A quién no?

A Jessa, estuvo a punto de responder él, pero se contuvo.

–Algunos prefieren la vida urbana.

–Tiene sus ventajas –indicó ella–. A mí me cansan el ruido, el ajetreo y los gentíos.

–Por eso me compré esta casa el año pasado. Y por las vistas.

–¿Solo es tuya desde hace un año?

–Con Jessa vivía en un piso cerca de la oficina –explicó él y señaló a la mesa–. ¿Nos sentamos?

Kat tomó asiento sin decir más, evitando su mirada. El fantasma de su difunta esposa creó un incómodo silencio.

Gabe había luchado contra los genes paternos desde que había tenido uso de razón y había comprendido todo el daño que había causado a su madre. Entonces, había decidido no ser como él, no tener nada que ver con el hombre que tanto dolor había causado a su familia.

De todos modos... De alguna forma, los genes de su padre eran responsables de lo que había sentido la primera vez que había tocado a Kat. No podía haber otra explicación, se dijo él, recordando las historias que su madre solía contarle. Ella le había descrito el fuego que ardía entre dos futuros amantes cuando se tocaban por primera vez, el mismo fuego que brillaba en los diamantes tallados por Dante. Él siempre había creído que se trataba de un cuento de hadas, pero empezaba a dudarlo.

Soltando un suspiro de frustración, Gabe esperó no tener que contactar nunca con la familia de su padre. Los odiaba por todo el daño que le habían hecho a su madre.

Sin embargo, esa historia de los diamantes de Dante era demasiado bizarra como para no buscar más información. Por eso, se propuso contactar con su familia paterna al día siguiente y preguntarles los detalles, antes de romper el contacto otra vez.

Dennis entró con las ensaladas y desapareció. Kat picoteó la comida sin muchas ganas.

–Esto es ridículo –señaló ella y miró a su acompañante–. ¿Qué hago aquí? ¿Qué más queda por hablar?

Gabe le dio un trago a su vino, considerando la pregunta.

–Si no podemos compartir una simple comida, nuestro compromiso difícilmente va a resultar creíble.

Ella esbozó una sonrisa de medio lado. Gabe no pudo evitar fijarse en sus jugosos labios y ansiar besarlos.

–Lo que no hará creíble nuestro compromiso es lo mucho que me desprecias.

–Me temo que tendrás que vivir con ello –replicó él, apartando la vista.

–Podrías darme un respiro.

–Nada de eso, cariño –negó él, soltando una carcajada. No la dejaría escapar con tanta facilidad, se dijo.

–No estamos prometidos todavía, lo que significa que puedo cambiar de idea… o irme –advirtió ella, mirándolo con seriedad.

Él se encogió de hombros, sin dejarse impresionar por su amenaza.

–Puedes intentarlo, pero ambos sabemos que deseas demasiado la herencia de tu abuela como para abandonarlo todo.

–Quiero reconciliarme con mi abuela –le corrigió ella–. Pero no tanto como pasar varios meses con alguien que planea hacerme sufrir a cada minuto. No merece la pena.

–¿Es que quieres hacer cambios en la negociación? –preguntó él, arqueando una ceja.

–Sí.

–¿Qué oferta pones sobre la mesa? –quiso saber él con interés.

–Me gustaría empezar de cero.

–Eso no es posible. No puedes cambiar lo que pasó. Ni lo que hiciste.

–Pero podemos elegir olvidarlo y seguir adelante –sugirió ella.

–¿Y si no estoy de acuerdo?

Kat tiró su servilleta a la mesa.

–Entonces, tendrás que valorar si de veras quieres el collar de tu madre –respondió ella, poniéndose en pie–. Presenta mis disculpas a Dennis, por favor. Seguro que entiende que el *jet lag* me ha quitado el hambre.

–Te llevaré a Seattle –ofreció él.

Ella asintió, más por cansancio que porque quisiera aceptar.

–Estaré mañana todo el día en el hotel. Puedes llamarme y hacerme saber tu decisión.

–¿Quieres empezar de nuevo y prometernos formalmente?

–Eso o regreso a Europa y ninguno de los dos conseguimos lo que queremos.

–No hace falta esperar a mañana. Acepto tu oferta.

Capítulo Tres

A la mañana siguiente, Gabe le dejó un mensaje en el contestador a Kat para avisarle de que no estaría disponible en todo el día. Tomó su jet privado para ir a San Francisco, donde lo estaría esperando un coche.

En varias ocasiones, se sorprendió a sí mismo frotándose la palma de la mano con la que había tocado a Kat la primera vez. Sentía una quemazón extraña.

Como era sábado, no había tráfico y no tardaron en llegar a la oficina central de Dante, el imperio de joyería especializado en diamantes. Como había esperado, no había ninguno de los Dante a la vista. Mucho mejor, pensó, pues pretendía hablar con el patriarca de la familia, su abuelo Primo, sin toparse con el resto de sus miembros.

La mayoría de ellos ni siquiera sabían de su existencia y Gabe prefería que siguiera siendo así. Tras recoger una identificación de invitado en recepción, se dirigió a los ascensores que llevaban a los despachos de dirección. Un aire de opulencia y lujo lo recibió en el último piso.

Tal y como había averiguado Gabe, el primer hijo legítimo de su padre, Sev, dirigía la compañía.

El patriarca y fundador de la firma había abandonado la dirección poco después de que el padre de Gabe, Dominic, hubiera muerto.

Por supuesto, los Dante fingían no conocer la existencia de la madre de Gabe, ni de los gemelos que había engendrado, ni de los planes de Dominic de casarse con ella después de divorciarse de su esposa. Unos planes que, en su opinión, su padre no había estado dispuesto a cumplir nunca.

Al posar la atención en la mujer que se le había acercado, la reconoció y se quedó paralizado.

–¿Qué diablos haces aquí?

Ella miró nerviosa hacia atrás.

–Shh. No quiero que nadie te oiga.

–No has respondido mi pregunta, Lucía –insistió él y la abrazó, lleno de instinto protector–. ¿Qué haces aquí?

Ella se zafó de sus brazos y esbozó una sonrisa forzada.

–Trabajo para Primo.

–Maldita sea –dijo él, pasándose una mano por el pelo–. ¿Sabe quién eres?

–Claro que no. No se lo diría sin contártelo primero.

–¿Por qué? ¿Por qué demonios quieres tener nada que ver con los Dante, después de todo lo que él le hizo a mamá?

–Te refieres a papá –señaló ella.

Con una sola palabra, Lucía reabrió sus viejas heridas. De los tres, su hermana gemela había sido la única que había creído que su padre volvería algún día en su caballo blanco para darles la bienvenida. Incluso después de su muerte, había esperado que la familia Dante quisiera acogerlos. Sobraba decir que nada de eso había pasado.

–No fue nuestro padre, Lucía. Fue su padre.

–Y el nuestro también –afirmó ella con gesto obcecado–. Que tú no quieras mezclarte con nuestra familia no significa que yo no pueda hacerlo.

Él dio un respingo como si lo hubieran abofeteado.

–No son nuestra familia.

–Puede que no quieras tenerlos como familia, pero eso no cambia el hecho de que…

Lucía se interrumpió y le tembló la barbilla, los ojos llenándosele de lágrimas. Tenía los mismos ojos azules de su madre y, al verla a punto de llorar, Gabe la abrazó sin decir palabra. No era capaz de verla sufrir.

–¿Tanto significan para ti? –murmuró él.

–Sí –repuso ella en un susurro–. Son la única familia que nos queda.

–Nos tenemos el uno al otro –le recordó él–. Siempre será así.

–Eso nunca lo he puesto en duda –repuso ella, tomando el rostro de su hermano entre las manos y mirándolo con adoración–. Eres mi hermano mayor, aunque solo me lleves cuatro minutos.

–Cinco.

Lucía rio entre lágrimas.

–De acuerdo, cinco. Siempre me has ayudado cuando te necesitaba. Si no hubieras acudido a rescatarme cuando…

–No sigas –le interrumpió él. Lucía estaba hablando de unos tiempos terribles que no quería rememorar–. No tiene sentido hablar de eso.

–Tienes razón –asintió ella y, apartándose de su abrazo, frunció el ceño–. ¿Qué estás haciendo tú aquí?

Gabe lanzó una ojeada al pasillo desierto.

–Quiero preguntarle algo a Primo, algo que solo él puede responder.

–¿Qué? –inquirió ella, ladeando la cabeza llena de curiosidad.

–No es asunto tuyo.

Afilando la mirada, Lucía dio un paso hacia él y le tomó la mano. Siempre habían estado muy unidos, tal vez porque eran gemelos, o porque habían crecido juntos en una familia sin padre.

–Ha pasado algo. ¿Qué es?

–Nada que tenga que ver contigo, hermana –aseguró él–. Me gustaría zanjar este tema cuanto antes, si no te importa.

–Bueno. Sigue así de misterioso. Antes o después, acabarás contándomelo –dijo ella, encogiéndose de hombros con una sonrisa–. Admítelo. No puedes resistirte a mí.

Gabe le dio un rápido abrazo y la besó en la frente.

–Es verdad –indicó él y echó otro vistazo hacia el despacho de Primo–. Antes de que entre, ponme sobre aviso. ¿Cómo es?

Lucía iba a empezar a hablar, pero cambió de idea.

–No. Es mejor que juzgues por ti mismo.

Diablos. Su hermana siempre solía ser abierta con él. Nunca le había ocultado un secreto.

–¿Qué pasa, Lucía? ¿Qué quieres ocultarme?

Los rasgos de su hermana volvieron a teñirse de angustia, la misma que había reflejado hacía unos minutos.

–No oculto nada, aparte de mi identidad. Quería conocer a mi abuelo para averiguar cómo es, sin que él supiera que soy la hija de Cara Moretti. Por eso, empleo mi nombre de casada.

–Que yo sepa, solo están al tanto de mi existencia –señaló Gabe–. No creo que hayan descubierto que tengo una hermana gemela.

–No –confirmó ella.

–Algo te ha hecho –adivinó él y, sin darle tiempo a responder a su hermana, añadió–: No lo niegues. Sé que estás sufriendo.

Lucía iba a negarlo, pero comprendió que era inútil. Gabe la conocía demasiado bien.

–De acuerdo. Pero, para tu información, lo que me pasa no tiene que ver con nada que Primo me haya hecho.

–¿Pues qué es?

Ella se giró y, muy erguida, caminó hasta la puerta de Primo.

–Soy su empleada. Y es muy amable con sus empleados.

–¿Pero?

–No soy eso en realidad –contestó ella, conteniendo las lágrimas en esa ocasión–. Oh, Gabe, no quiero trabajar para él. Quiero ser su nieta. Quiero lo que nunca hemos tenido, una familia –confesó y, sin darle tiempo a responder, llamó a la puerta del despacho y la abrió.

–El señor Moretti ha venido a verlo.

–Hazlo pasar.

La voz de Primo era profunda y sonora, con acento italiano. Tenía un tono familiar que le llegó a Gabe a lo más hondo.

–Adelante –le indicó su hermana en voz baja, ofreciéndole todo su apoyo con una mirada.

–Hablaremos luego –repuso Gabe, antes de pasar al despacho para enfrentarse al patriarca de los Dante.

Primo se levantó despacio, observándolo.

–Te pareces mucho a tu hermano Severo. Parecéis gemelos.

–No lo considero mi hermano –replicó Gabe.

–No me sorprende –admitió Primo–. Es comprensible que no sientas cercanía hacia ninguno de nosotros. Lo que tu padre hizo estuvo mal.

–Estoy de acuerdo –contestó Gabe, sorprendido.

Primo soltó una carcajada y abrió una caja de puros, de la que tomó uno.

–No esperabas que dijera eso de mi propio hijo, ¿verdad? ¿Quieres un puro?

–Creo que no está permitido fumar dentro de la oficina.

–¿Es que vas a llamar a la policía?

–Eso depende de cómo vaya nuestra conversación.

Los dos hombres se quedaron mirándose durante unos segundos, hasta que Primo rompió el silencio con una sonora carcajada. Salió de detrás de su escritorio y se acercó a su nieto para darle un fuerte abrazo, dándole una palmadita en la espalda con su enorme mano.

–Crei que este día no llegaría nunca, Gabriel –dijo su abuelo con marcado acento italiano.

Gabe se puso tenso, confundido por la reacción inesperada del otro hombre. Al final, le dio otra palmada en la espalda y su abuelo se apartó satisfecho.

–No sabes por qué he venido –señaló Gabe.

Con ojos dorados, idénticos a los suyos, su abuelo lo observó. Eran ojos sabios, llenos de comprensión y tristeza, alegría y resignación.

–Gracias por hacerlo, aunque no lo hayas hecho para conocer a tu abuelo.

–Diablos –murmuró Gabe, bajando la cabeza. El encuentro no estaba saliendo como había planeado en absoluto.

–No es esto lo que esperabas, ¿verdad?

Encima, su abuelo parecía capaz de leerle la mente, pensó Gabe y levantó la vista, decidido a ir al grano.

–No.

–Pensaste que podías venir, ser amable conmigo, hacerme tu pregunta e irte antes de que tus emociones se vieran afectadas por el encuentro –aventuró Primo, tocándole a su nieto el pecho con el dedo índice–. Pero es demasiado tarde, ¿o no?

–añadió y, soltando una risotada, se encendió el puro–. Lo del cigarro será nuestro secreto, ¿de acuerdo? Tu abuela Nonna me hará pedazos si se entera. Luego, me denunciará a mi médico.

¿Cómo era posible que aquel anciano estuviera calándole tan hondo?, se preguntó Gabe. Tal vez fuera porque tenía razón. Él había planeado mantener las distancias, hacer su pregunta y desaparecer. Sin embargo, estaba allí parado, fascinado. ¿Le habría pasado lo mismo a su madre con su padre? ¿Habría sido Dominic tan encantador y seductor como Primo?

–Yo no soy como él –dijo Gabe, sin pensar, dejando que las palabras salieran de su boca sin censuras.

Una profunda tristeza se dibujó en los rasgos de su abuelo.

–No, no lo eres. Tampoco Severo, Marco, Lazzaro ni Nicolo se parecen a él. Vosotros tenéis una base moral de la que él carecía. Siento lo que os hizo. Y siento no haberte encontrado antes.

–No importa. Yo tampoco tenía interés en conoceros a ninguno de vosotros.

–Ahora estás aquí, eso es lo que importa.

Gabe se frotó la palma de la mano, sintiendo de nuevo la persistente quemazón. Su abuelo se dio cuenta y esbozó una misteriosa sonrisa.

–He venido porque tengo una pregunta.

Primo apoyó una cadera en el escritorio, contemplando a su nieto a través de la humareda del puro.

–Supongo que tendrás muchas preguntas.

–Solo una.

–Bien. Pregunta. Te responderé si puedo.

–Me ha pasado algo hace poco –señaló Gabe. Sin embargo, de pronto, dudó cómo expresar lo que había sentido sin sonar como un loco–. Algo... extraño.

El hombre mayor rio con ojos llenos de comprensión.

–¿Ah, sí? Interesante –contestó Primo, examinando la punta de su puro–. Y esa cosa extraña que te ha pasado hace poco... ¿tiene que ver con una mujer?

Gabe se quedó petrificado.

–Maldita sea... Lo sabes, ¿verdad?

–¿Saber qué?

Gabe comenzó a recorrer el despacho de arriba abajo, nervioso, tratando de contener su rabia. ¿Cómo era posible? Durante años, se había labrado la reputación de hombre de hielo, hasta que Kat se había presentado en su despacho. Y, en ese momento, su abuelo...

Tuvo que contenerse para no salir corriendo sin mirar atrás. Debía desvelar la verdad.

–De acuerdo. ¿Qué diablos me ha pasado? Lo único que hice fue tocarla y...

–Y te arde la piel –adivinó su abuelo–. Sientes una quemazón en la palma de la mano. Una quemazón insistente.

–¡Sí! –afirmó Gabe y se aflojó la corbata, que lo estaba ahogando–. ¿Qué me ha pasado?

–El Fuego de los Dante, por supuesto. ¿No le habló de ello Dominic a tu madre?

–Le contó un cuento de hadas sobre que los Dante son capaces de descubrir a su alma gemela con solo tocarla.

–Ahí lo tienes. La respuesta a tu pregunta –señaló Primo, y arqueó una ceja–. ¿Hay algo más?

–¿Cómo si hay algo más? ¡No lo dirás en serio! –le espetó su nieto, perdiendo del todo la compostura–. Eso no es más que una paparrucha, un embeleco que Dominic se inventó para embaucar a mi madre.

–Te aseguro que no es así. Es real. Si quieres ignorarlo, tendrás que asumir los riesgos.

–¿Qué riesgos?

–Has tocado a una mujer –indicó Primo con voz suave y melodiosa, transportando a Gabe a sus orígenes italianos como por arte de magia–. Has sentido el Fuego de los Dante. Esa quemazón no cesará. Esa mujer es tu alma gemela. Ahora debes casarte con ella o sufrirás las consecuencias, como le pasó a tu padre cuando se negó a casarse con la mujer que le estaba destinada.

–¿Qué consecuencias?

Los dedos de primo se cerraron sobre el cigarro.

–Yo le dije a Dominic que se casara con tu madre –recordó el hombre mayor, mientras sus manos bailaban en el aire, dibujando siluetas de humo–. Le advertí que no debía apartarse de ella. Pero él creyó que podía tenerlo todo... a tu madre, su alma gemela, y la riqueza que Laura podía aportar a su matrimonio.

¿Primo había animado a sus padres a casarse?, se preguntó Gabe. No. Su padre había asegurado a su madre que Primo había impedido el matrimonio, que se lo había prohibido.

–No te creo.

Su abuelo se encogió de hombros.

–Puedes creer lo que quieras. No cambiará lo que pasó. El matrimonio de Dominic fue muy desgraciado. Eso pasa cuando no escuchas la señal de los Dante –afirmó Primo, mirándolo a los ojos–. Nosotros somos diferentes, Gabriel. Los Dante solo aman a una mujer para toda la vida. Debemos seguir las señales, aceptar a la mujer que nos está destinada. Si no, sufriremos las consecuencias. Como tu padre.

Gabe se quedó paralizado. Todo eso lo llevaba a Kat Malloy. Si Primo tenía razón, ella era su alma gemela. No podía ser.

–Yo no soy un Dante –insistió él–. Esto no tiene nada que ver conmigo.

–Siempre has sido un Dante –replicó Primo, apenado.

–Te equivocas. No me parezco en nada a Dominic. Me niego. Y a ninguno de vosotros. Soy un Moretti.

–Si no fueras de verdad, no habrías experimentado el Fuego de los Dante. Pero lo has hecho –indicó Primo, y le puso a su nieto la mano en el hombro–. Comprendo que estés resentido con nosotros. Debes de despreciarnos. Pero no creas que todos los Dante somos como Dominic. No fue educado para comportarse así. Él tomó sus propias decisiones, como tú tomarás las tuyas. Puedes escuchar lo que te he contado o puedes seguir los desafortunados pasos de tu padre e ignorar la verdad,

Gabe intentó tranquilizarse. Después de todo, Kat y él planeaban prometerse. Tal vez eso fuera bastante para que el hechizo de los Dante lo dejara en paz.

–Vamos a prometernos. Con eso, queda zanjado el problema, ¿verdad?

–Si te casas con ella, sí.

–¿Y si no me caso?

Su abuelo se encogió de hombros con gesto ominoso.

–¿Qué más da si nos casamos o no? En cualquier caso, pienso terminar nuestra relación en cuanto el maldito embrujo haya seguido su curso –informó Gabe.

–Excelente.

–¿De veras? Me sorprende que te parezca bien –repuso Gabe, arqueando una ceja.

–Si esperas a que siga su curso, tendrás que esperar mucho. Norma y yo llevamos sesenta años casados y yo sigo esperando. No estoy seguro de si durará mucho más. Tal vez, el año que viene me desaparezca esta quemazón en la mano –bromeó y sonrió a Gabe–. O, quizá, no.

Kat odiaba sus citas en público con Gabe, aunque se esforzaba por ocultarlo tras una fachada de calma y frialdad. Quedaban solo dos semanas para Navidad y todo bullía de excitación ante unas fechas tan especiales. Las tiendas estaban adornadas, había árboles de Navidad, imágenes de Santa Claus y su trineo, luces engalanando las calles... A pesar de todo, ella no se sentía capaz de participar de su espíritu festivo. Tal vez fuera por lo desagradable que le resultaba quedar con Gabe.

Después de tres semanas y una docena de citas similares, su asistencia a cualquier local público seguía despertando interés. Kat esperaba que la noticia llegara a oídos de su abuela. Hasta el momento, sin embargo, Matilda había permanecido en silencio y no había respondido a las llamadas de su nieta.

Al llegar al restaurante esa noche, los sentaron en la mesa, rodeados de cuchicheos y de la fascinación de los mirones. Después del escándalo con el candidato al Senado Benson Winters, Kat había experimentado también la ávida atención de los curiosos, la persecución de la prensa y, en aquel caso, también sus insultos. El suceso la había dejado marcada y, aunque habían pasado cinco años, no había conseguido olvidarlo. Además, Winters había perdido toda posibilidad de llevarse un escaño, por escándalo y, sobre todo, por la biografía que su exesposa había publicado casi de inmediato.

Gabe esbozó una sonrisa fingida.

–Si no dejas de mirarme con esa cara de asco, la gente nunca se creerá que estamos enamorados.

–No estamos enamorados.

–No –admitió él aunque, sin saber por qué, se sintió dolido–. Pero intentamos convencer a los demás de que nos amamos con pasión. Al menos, podrías dedicarme una sonrisa.

–Esta bien –dijo ella, haciendo un esfuerzo para relajarse y sonreír–. Tal vez, me ayude que hablemos de algo.

–Cualquier cosa con tal de que dejes de mirarme como si fueras a vomitar –comentó él, ladeando la cabeza–. ¿Qué te parece si me hablas de cuando estuviste en Europa? ¿Dónde vivías? ¿Qué hacías?

De acuerdo, al menos, podía evadirse un poco recordando aquellos tiempos, pensó ella.

–Vivía en Italia, en Florencia. Trabajaba como camarera y asistía a clases.

–¿De qué?

–De diseño de joyas.

De pronto, la expresión de Gabe se ensombreció.

–Diseño de joyas –repitió Gabe.

–Durante dos años –indicó ella con reticencia–. Luego, trabajé tres años de aprendiz. Quería aprender lo necesario para poder trabajar para el mejor de los mejores.

–¿Y a quién consideras el mejor?

Kat se puso tensa. No sabía por qué, pero percibió algo extraño en él, un actitud de depredador listo para hacerla pedazos si decía la palabra equivocada.

–Dante´s –contestó ella, intuyendo que esa era, exactamente, la palabra equivocada. Para romper la tensión, intentó seguir hablando a toda velocidad–. Me enamoré de Deseo del Corazón la primera vez que lo vi, hace años. Siempre le estaba pidiendo a mi abuela que me dejara ver el collar y quise aprender cómo crear joyas como esa... ¿Qué pasa, Gabe? –preguntó. Por la cara de él, algo andaba muy mal.

–Una interesante coincidencia, eso es todo –replicó él, mirándola con desconfianza.

–¿Qué es una coincidencia? –inquirió ella, titubeando–. ¿Tiene esto algo que ver con tu collar?

En vez de responder, Gabe cambió de tema.

–¿Qué te parece si nos vamos del restaurante, buscamos una cama y nos desnudamos? Tal vez, así podamos establecer una relación más llevadera.

El comentario tomó a Kat por sorpresa. Su cuerpo subió de temperatura y, muy a su pesar, el deseo la envolvió.

–No tengo ninguna intención de irme del restaurante, ni de buscar una cama, ni mucho menos de desnudarme –informó ella, fingiendo calma. Sin embargo, le temblaban tanto las manos que decidió ocultárselas en el regazo. La quemazón que llevaba notando desde hacía semanas en una de las palmas se intensificó.

Gabe se encogió de hombros.

–Bien. Si no tienes más hambre, podemos dedicar la hora de la comida a consumar nuestro trato.

Eso era justo lo que ansiaba hacer, reconoció Kat para sus adentros. Pero no pensaba dar rienda suelta a sus instintos.

Lo malo era que su mente no podía dejar de elaborar imágenes llenas de viveza sobre los dos desnudos en la cama. Sabía que eso no estaba bien pero lo que más deseaba del mundo era ver desnudo a Gabe Moretti. Y hacer el amor con él. Tratando de ocultar sus pensamientos, hundió la cara en la taza de café humeante que el camarero les había servido.

–¿Qué estás pensando, señorita Malloy? –preguntó Gabe, riendo–. Sea lo que sea, te ha hecho sonrojar.

Ella no levantó la vista de la taza.

–Estoy irritada. Me irrita tener que fingir que me atraes.

–Mentirosa –replicó él, riendo–. Ni siquiera puedes mirarme. ¿Por qué será? ¿No será que te atraigo de verdad? –aventuró y le quitó la taza de entre las manos para ponerla a un lazo. Entrelazó sus dedos con los de ella, haciendo que la temperatura de la mesa subiera varios grados–. Si quieres, podemos obviar los preámbulos y pasar directamente a la cama.

Capítulo Cuatro

Kat miró a Gabe. Un gran error. El deseo la inundó con insistencia, haciéndole imposible soltar la carcajada que había pretendido.

La lenta sonrisa de él la derritió en un mar de lava. Justo entonces, llegó el camarero y Gabe le soltó la mano. Una intensa sensación de pérdida invadió a Kat. ¿Cómo era posible que se sintiera así solo porque él hubiera retirado el contacto?

–Sí, salir de este sitio, llevarte al piso que tengo encima de mi despacho, equipado con una cama, y quitarte ese vestido tan elegante e innecesario es lo que quiero. Déjame que te lo explique.

Kat tomó aliento, tratando de mantener la calma y no perder la compostura.

–A ver.

Él inclinó la cabeza y bajó el tono de voz un poco más.

–Cuando hayamos terminado de picotear la comida… porque quién va a comer cuando lo único en lo que podemos pensar es en…

–¿Consumar el acuerdo?

–Exacto. Esperaremos a que nos traigan la cuenta. Los que nos observan se darán cuenta de que estamos impacientes por irnos. Será obvio que nuestras miradas están llenas de deseo y que no podemos evitar ponernos las manos encima.

Ella dejó la taza a un lado y se colocó las manos en el regazo.

–Es curioso. Mis manos están a gusto donde están.

–De eso nada –aseguró él, arqueando una ceja–. Puedo demostrártelo, si quieres.

Kat se encogió de hombros.

–Puedes intentarlo, pero fracasarás.

Gabe la miró con ojos brillantes y gesto malicioso.

–Ah, un reto. Me gusta...

–No es eso lo que pretendía...

–Demasiado tarde para echarte atrás. Acepto.

–Pero yo... –balbució ella– está bien. Inténtalo.

Cuando Gabe volvió a esbozar su seductora sonrisa, Kat empezó a arrepentirse. Él tomó el tenedor, sacó una ostra de su concha y se la ofreció. Aunque ella quería negarse, no podía hacerlo delante de todos los observadores. Determinada a no dejarse embaucar, aceptó el bocado. Su sabor le inundó la boca, mientras él posaba los ojos en sus labios, mirándolos como si los estuviera besando.

–No es justo –se quejó ella.

–¿Te sientes tentada, cariño?

–Solo me tientan las ostras.

–Eres una mentirosa. Lo que pasa es que no quieres admitir que te estoy seduciendo en medio del restaurante. Todos están adivinando lo que me gustaría hacerte, lo mismo que tú esperas que te haga.

Ella bajó la vista.

–No tengo ni idea de qué estás hablando.

Gabe no se molestó en discutir. Tomó la mano de ella de nuevo y comenzó a acariciársela con el índice. A ella le quemaba la palma, igual que la primera vez que se la había tocado. Ante sus caricias, sintió que se derretía. Si no paraba, se deslizaría debajo de la mesa para que pudieran consumar el acuerdo, reconoció ella para sus adentros.

Estremeciéndose, Kat supo que su expresión estaba traicionándole.

–No puedo creerlo. ¿Por qué? Esto es una locura.

–Estoy de acuerdo. Pero eso no cambia nada –señaló él, ladeando al cabeza–. ¿Estás dispuesta a admitir que he ganado el primer asalto?

–Solo si termina aquí.

A Gabe no pareció gustarle la condición.

–Explícate.

Kat lo deseaba más de lo que había deseado a ningún hombre antes. Pero debía mantener los límites. Debía protegerse a sí misma del dolor que había padecido hacía cinco años.

–No quiero irme a la cama contigo –indicó ella, tras soltar un suspiro–. No me acostaré con nadie hasta que me case.

–¿Es importante eso para ti?

–Sí.

–¿Por qué?

Kat titubeó, encogiéndose de hombros.

–No me acostaré contigo porque... me creas o no, yo soy así.

–¿Y piensas que podemos ignorar la atracción que sentimos?

Él le tomó la mano por tercera vez, entrelazando sus dedos. Sus palmas ardían y Kat se estremeció. ¿Qué diablos le estaba pasando? ¿Por qué? Gabe Moretti era la última persona del mundo con la que debería acostarse...

Ella intentó liberar su mano, escapar al fuego que los unía. Sin embargo, él se lo impidió.

–¿Qué es esto? –inquirió ella, cerrando los ojos para luchar contra el mar de emociones que la invadía.

–El Fuego de los Dante, según me han dicho.

–No entiendo. ¿A qué te refieres?

–Deseo. Sexo. Urgencia.

–Por favor –rogó ella en un susurro, mirándolo a los ojos sin ocultar sus sentimientos–. Suéltame.

Por suerte, Gabe lo hizo y ella pudo volver a respirar. Estaba tensa pero, al menos, podía pensar con un mínimo de claridad de nuevo.

–Sigo sin entender.

–Un restaurante no es el sitio adecuado para hablar de esto –comentó él, sacó unos billetes de la cartera y los dejó sobre la mesa–. Vámonos.

–¿Adónde? –quiso saber ella, aun sabiendo que era una pregunta tonta. Sabía muy bien adónde quería llevarla.

–A cualquier sitio que tenga una cama –repuso él, confirmando sus sospechas.

Oh, cielos, pensó Kat. Si intentaba llevarla a la cama, ella sucumbiría... y él lo sabía. Los dos parecían presos de un deseo irresistible. Con solo tocarla, Gabe podía conseguir que dejara de pensar. Con un beso nada más, sería suya y le suplicaría que la poseyera como si fuera la clase de mujer que él creía que era.

–Gabe, me lo prometiste.

–No. No estoy seguro de poder hacer tal promesa. Siempre crei que era capaz de controlar mis impulsos –reconoció él con la mandíbula tensa–. Ahora me cuesta demasiado. Pero te prometo intentarlo.

Gabe le tendió la mano. Consciente de todos los ojos curiosos estaban puestos en ellos, Kat le permitió que la ayudara a levantarse de la silla y a ponerse el abrigo. Los cuchicheos de los presentes los acompañaron hasta la puerta. Pero, justo cuando iban a salir, ocurrió el desastre.

Una camarera conducía a un grupo al comedor, dos mujeres y dos hombres. Uno de los hombres se detuvo y tomó a Kat de la mano, haciendo que ella se girara.

–¿Kat? ¿Kat Malloy? ¿Eres tú?

Ella se paró, perpleja.

–¿Benson?

Oh, no. De todas las personas del mundo, tenía que ser él, pensó Kat. Y delante de tantos testigos que los observaban con interés. Ella lo miró con cautela, sin saber qué esperarse. Cuando el escándalo se había hecho público, Benson había jurado ser inocente y que ella le había tendido una trampa. Había dicho que él había esperado encontrar a Jessa en la habitación, no a ella. Había asegurado que lo había intentado seducir para hacerle daño a su prima. Sin embargo, su historia no había resultado muy creíble, sobre todo, después del libro biográfico que había publicado su esposa poco después.

–¿Qué tal estás? –preguntó ella con educación.

Benson no parecía afectado por el encuentro. Era un hombre alto y guapo, alrededor de los cuarenta, con ojos azules y complexión fuerte. Le dedicó a Kat una sonrisa tintada de encanto y sinceridad.

–No tenía ni idea de que hubieras vuelto. Si lo hubiera sabido, te habría llamado –señaló Benson y le estrechó la mano–. Necesito hablar contigo cuando tengas un rato libre. Hay algo que me gustaría decirte. ¿Por qué no llamas a mi oficina para que podamos fijar una cita?

Gabe se acercó a Kat y le puso una mano en el hombro con gesto posesivo.

–Winters –saludó Gabe con tono helador.

Benson lo miró y frunció el ceño con confusión. Su sonrisa se desvaneció.

–¿Moretti?

–Sí –repuso Gabe y miró a Kat, que todavía tenía su mano entre las del otro hombre–. Te recomiendo que sueltes a mi prometida cuanto antes.

Con ese comentario, el comedor se quedó en completo silencio.

Benson soltó a Kat al instante.

–Lo siento. No me había dado cuenta... –balbució Benson. Entonces, frunció el ceño–. ¿Has dicho prometida?

–Sí.

Su comentario fue absorbido con avidez por los presentes. Kat cerró los ojos, rezando por que se abriera la Tierra y la tragara en ese mismo momento. Pero no tuvo esa suerte. El silencio parecía interminable hasta que, al fin, Benson lo rompió con una risa nerviosa.

–Bueno, felicidades, Moretti. Esta vez, has sabido elegir.

Kat contuvo el aliento. Tenían que irse de inmediato. Agarrándose del brazo de Gabe, sonrió al otro hombre y comenzó a caminar hacia la puerta.

Sin embargo, cuando estaban a punto de salir, las palabras de Benson causaron su impacto en Gabe, abofeteándolo en la cara como el frío viento de diciembre.

–¿Esta vez? –repitió Gabe, echando chispas. Intentó girarse, pero Kat le agarró del brazo con fuerza, tirando de él hacia la calle–. ¿Cómo que esta vez?

–Seguro que no quería decir nada –mintió ella.

–Claro que sí.

–No, seguro que ha sido una forma de hablar.

–Jessa no tuvo la culpa de que su relación se rompiera.

No. Toda la culpa era de Kat y Benson, o así lo creía Gabe, sobre todo, después de haber encontrado a los dos en la cama. Su amada Jessa había sido la víctima inocente, cuyo nombre y reputación él había protegido a toda costa. Era una batalla que Kat no podía ganar. Por eso, decidió morderse la lengua y siguió tirando de él, pasando por un escaparate adornado con motivos navideños.

–Bastardo –murmuró él.

–Déjalo ya –sugirió ella, tratando de pensar en cómo distraerlo–. Íbamos a ir a un sitio privado para hablar del Fuego de los Dante, ¿recuerdas?

Para su alivio, eso consiguió captar la atención de Gabe.

–No. Vamos a un sitio privado para que pueda seducirte. O intentarlo. Puedes intentar negarte, pero no creo que ninguno de los dos vayamos a poder lograrlo.

–Nada de seducción –repitió ella, aunque su cuerpo y su corazón ansiaban lo contrario–. Tal vez, deberíamos hablar sobre nuestro compromiso, como acabas de proponer.

–Claro. Podemos hablar de eso después.

–¿Después?

Una imagen invadió la mente de Kat. Los dos acurrucados juntos, con la respiración entrecortada después de haber hecho el amor, con sus miembros entrelazados. Su fantasía no hizo más que alimentar las llamas del deseo, inundando zonas de su cuerpo que llevaban una eternidad dormidas. Haciendo un esfuerzo sobrehumano, se soltó de su brazo para ganar un poco de calma.

–No habrá ningún después, ni ningún antes. Solo vamos a hablar, manteniendo una distancia segura.

–Podemos intentarlo, ya te lo he dicho –replicó él y se frotó la palma de la mano derecha–. Pero el

Fuego de los Dante creo que no respeta las distancias.

Kat no entendió su comentario, pero le llamó la atención la forma en que él se rascaba la mano. Ella llevaba haciendo lo mismo desde que había empezado a sentir una quemazón continua en el momento en que él la había tocado por primera vez. ¿Qué diablos estaba pasando?

Al llegar a su oficina, Gabe abrió la puerta y la guio dentro. Después de saludar a la recepcionista, se dirigió con Kat a los ascensores.

–Vayamos arriba y hablemos de qué hacer a continuación. Necesitamos un plan.

–¿Qué te parece este plan? –sugirió ella al entrar en el ascensor–: Deja de decirle a la gente que estamos prometidos hasta que lo estemos.

–¿Y a ti qué te parece si te mantienes alejada de Benson Winters?

–¿Lo dices en serio? –preguntó ella, atónita.

–Teniendo en cuenta que ese hombre te echó toda la culpa cuando se supo de vuestra aventura, hoy parecía muy amistoso. Me pregunto por qué. Adivino que es porque estaba mintiendo cuando aseguraba que era inocente y le dijo a la prensa que le habías tendido una trampa para llevarlo a la cama. Si no, sería imposible que nadie fuera tan amigable con la mujer que ha echado a perder su carrera. Me apuesto lo que sea a que no saluda a su exmujer como te ha saludado a ti.

–Tal vez, por el libro que su ex escribió sobre él.

–Solo eso habría bastado para frenar su ascenso

al Senado, incluso aunque no hubiera tenido ninguna aventura extramatrimonial.

Gabe se volvió hacia ella.

–Te lo repito. Mantente alejada de ese hombre. No quiero que ningún antiguo amante haga terminar nuestro compromiso antes de tiempo.

–¿Qué culpa he tenido yo de encontrármelo? –replicó ella, furiosa–. Ha sido una coincidencia. Y, para que quede claro, no es mi antiguo amante.

–Mentirosa. Yo sé la verdad. Estuve casado con Jessa, ¿recuerdas? Me lo contó todo sobre ti y Winters. Por no mencionar que os vi con mis propios ojos –señaló él, acalorado. La temperatura del ascensor parecía subir por momentos–. Tampoco creo en coincidencias cuando se trata de él y de ti.

–Bueno, pues empieza a creer.

Kat no se molestó en responderle a su comentario sobre Jessa. ¿Qué sentido tenía? Él nunca le creería.

–Y, para tu información, es probable que volvamos a encontrárnoslo. Puede que no sea senador, pero es un renombrado hombre de negocios y seguro que recibe invitaciones para asistir a las mismas fiestas que nosotros. De hecho, me extraña que no nos lo encontráramos antes.

Gabe dio un paso hacia ella. Todo en él exudaba fuerza masculina. Bajo su fachada de rabia, Kat percibió algo más, el fuego del deseo que no se apagaba nunca.

–No eres mi dueño.

–Todavía –contestó él–. No soy tu dueño, todavía. Seguro que comprendes lo importante que es dejar claro ese detalle. Lo único que tengo que hacer es...

Gabe la agarró de las solapas del abrigo y le devoró la boca con un beso devastador. Las emociones que Kat había intentado mantener a raya se desbandaron, anulando todo pensamiento, menos uno. Necesitaba entregarse a ese hombre. Le rodeó el cuello con los brazos y enredó los dedos en su pelo, apretándolo contra su cuerpo. Y le correspondió en el beso, dándole todo, tomándolo todo y haciéndole gemir de placer.

Él le tomó el rostro entre las manos para tener mejor acceso a su boca y, con un rápido movimiento, le deshizo el moño. Acto seguido, le quitó el abrigo, dejándolo caer al suelo, y siguió besándola con pasión. La temperatura subió.

Kat no sabía qué habría pasado si no hubiera sonado la campanilla que anunciaba la llegada a su destino, aunque sospechaba que habría acabado en el suelo del ascensor. Con un grito sofocado, se zafó de sus brazos un instante antes de que se abriera la puerta. Nunca antes se había sentido tan expuesta y vulnerable, a excepción de la noche en que la habían descubierto desnuda en la cama de Benson Winters.

Gabe maldijo y se colocó delante de Kat para bloquearle la visión a una mujer mayor que estaba delante de las puertas, dispuesta a entrar. Ninguna de las mujeres se había reconocido... todavía. Con suerte, unos segundos bastarían para que Kat recuperara la compostura.

–Matilda, qué sorpresa –saludó él, apoyándose en las puertas del ascensor para mantenerlas abiertas y, al mismo tiempo, ocultando a Kat tras su ancha espalda.

Kat se tapó la boca, horrorizada, detrás de él.

Como siempre, Matilda estaba vestida de forma impecable. Llevaba un pañuelo italiano de seda en tonos azules que conjuntaba con sus ojos, como complemento para un traje de chaqueta de lana blanco, del mismo color que su pelo.

–He venido a comprobar si los rumores que he oído son verdad. Apenas puedo creerlo.

–Eso depende de lo que hayas oído.

Gabe le había dado a Kat todo el tiempo que había podido. Se giró, tomó el abrigo de ella del suelo y posó la mano en su espalda para hacerla salir del ascensor.

–¡Katerina!

Por el gesto de sorpresa de Matilda, no la había visto hasta ese momento. También, de inmediato, se percató de lo que Kat y Gabe habían estado haciendo allí dentro. Dio un paso atrás con piernas temblorosas, mirando a su nieta con intensa desesperación. Él la agarró del brazo, para ofrecerle sujeción.

–¿Es cierto? ¿Estáis juntos?

La expresión de Kat fue todavía más sobrecogedora que la reacción de Matilda. Miraba a su abuela con una profunda mezcla de amargura, ternura y ansiedad.

–Abuela –musitó ella, como si el corazón se le estuviera rompiendo en ese mismo momento.

La escena estaba empezando a llamar la atención de los curiosos, así que Gabe propuso ir a su despacho.

En cuanto estuvieron dentro y con la puerta cerrada, acompañó a Matilda a tomar asiento junto al mueble bar.

–Tengo coñac –ofreció él e hizo una seña a Kat con la cabeza–. Está a la derecha. ¿Puedes servirle una copita a tu abuela?

–Gracias –murmuró Matilda–. Me sentaría bien.

Pero Kat titubeó.

–¿Y tu médico? ¿No te ha prohibido beber alcohol?

Matilda se puso rígida y, para su sorpresa, Gabe la vio dudar. La mujer mayor miró hacia la ventana, desde donde se veía el gris cielo invernal.

–Eso ya da igual –susurró Matilda con un escalofrío–. Tengo el frío pegado a los huesos. La verdad es que necesito un poco de coñac.

Gabe se sentó delante de ella, observándola con atención. La había visto por última vez en una exposición de arte hacía seis meses. Parecía más cansada, un poco más frágil, pero su mirada seguía imbuida de un poder que desafiaba los estragos de la edad. Tenía un brillo de aguda inteligencia, tintado de fuerza y experiencia. Aun así, también había un sesgo de vulnerabilidad en sus ojos, parecido al de su nieta.

–Me he enterado de que no se encuentra bien. Lo siento.

–Es una forma de decirlo.

–¿Entonces es grave?

Matilda se encogió de hombros y sonrió.

–¿Qué importa? Después de todo, la vida no es más que una enfermedad terminal, ¿no crees? Desde el momento en que nacemos, caminamos hacia la muerte. A todos nos espera el final.

Kat se acercó, ofreciéndole a su abuela una copa con un poco de licor.

Durante un momento, sus miradas se entrelazaron. Gabe notó la tensión que vibraba entre ellas y las palabras bloqueadas que ninguna se atrevía a pronunciar. El silencio se impregnó de dolorosas emociones, de acusaciones, explicaciones y conflictos no resueltos.

Pero lo más intenso de todo era la indefensión que Kat emanaba. Y su abuela mostraba algo similar en su expresión. Sus dedos se rozaron con suavidad cuando la copa cambió de manos, como si ambas estuvieran deseando tocarse a pesar de los tumultuosos sentimientos que las poseían.

Matilda dio un trago de coñac y Kat volvió al mueble bar para servir dos más. Cuando le entregó el suyo a Gabe, sus dedos no se rozaron. Ni le dedicó ninguna mirada de ternura, como había hecho con su abuela. Él la sujetó de la mano e hizo que sentara a su lado.

–¿Qué le trae por aquí en un día tan frío y gris, Matilda?

–Ya os lo he dicho. He venido a saber la verdad. Ahora veo que estáis juntos.

–Abuela, por favor –suplicó Kat.

Sin embargo, Matilda la ignoró, con los ojos clavados en él.

–¿Va en serio?

–Estamos prometidos –replicó él de pronto.

–Parece un poco repentino.

–Lo es. Pero cuando llega el momento, llega.

Al posar los ojos en Kat, Matilda comprendió por qué había ignorado a su nieta hasta entonces. Tenía miedo. Temía derrumbarse si hablaba con ella directamente, así que se giró hacia él.

–¿Os habéis prometido a pesar de lo que pasó hace cinco años? ¿A pesar de lo que ella le hizo a Jessa?

Tras un instante de silencio, Gabe se encogió de hombros.

–Jessa y yo nunca nos habríamos casado de no haber sido por eso. Se habría casado con Benson Winters.

–Tal vez –repuso Matilda en un murmullo. Apretó la copa entre las manos–. Deberías saber que siempre esperé que te casaras con mi nieta. Deseo del Corazón es muy especial para los dos. En una ocasión, quise emparejaros. Me parecía que hacíais buena pareja. Pero… –añadió y se encogió de hombros– hubo cosas que se interpusieron.

–Quería usted emparejarme con Jessa? –preguntó él, intrigado.

Matilda negó con la cabeza.

–No, con Kat. Siempre fue mi intención darle a ella Deseo del Corazón.

Kat se sobresaltó, sorprendida. Gabe respondió despacio.

–Sí, bueno, pues no se equivocó. Aunque no ha hecho falta que usted interviniera.

Matilda esbozó una débil sonrisa.

–Ya lo veo. Las cosas han salido solas. Es un alivio, pues Kat se enamoró de ese collar desde el primer día que lo vio. Supongo que ya forma parte de su identidad.

–¿Por qué no me vende la joya sin más?

–Tengo mis razones –repuso Matilda, un poco a la defensiva–. Además, ahora que estáis prometidos, ya no es necesario. Tendrás el collar pronto. Al menos, tu esposa lo tendrá.

–Abuela, el collar le pertenece a Gabe –señaló Kat–. No pondré objeciones si se lo vendes. Como dices, una vez que estemos casados, será lo mismo, ¿no?

–No pienso venderlo –insistió Matilda–. No necesito ni quiero dinero. Prometí que te lo dejaría cuando yo no estuviera, Katerina, y eso es lo que pienso hacer. Cumplo siempre mis promesas. Lo que tú quieras hacer con el collar después es asunto tuyo.

–Oh, abuela –musitó Kat y corrió a su lado. Se sentó a sus pies y le tomó una mano–. No quiero el collar. Solo te quiero a ti. Es lo único que quiero.

A Matilda se le saltaron las lágrimas.

–Tengo mis razones para hacer lo que hago –repitió la anciana, y le acarició a su nieta la mejilla un momento–. Pero quizá... Sí, quizá haya una manera mejor. En vez de dejarte el collar en mi testamento, ¿por qué no te lo doy como regalo de bodas?

Gabe contuvo una maldición, mientras Kat lo miraba llena de pánico.

–Matilda...

–Sí –le interrumpió ella, dejando la copa sobre la mesa con determinación–. Es una idea mucho más apetecible que hacerte un regalo en el lecho de muerte –decidió y se puso en pie, colocándose el pañuelo al cuello–. ¿Cuándo es la boda?

–No hemos... –balbuceó Kat, levantándose también.

–Pronto –le cortó Gabe.

–Excelente. Cuanto antes, mejor para mí –indicó Matilda, e hizo una pausa. Un halo de vulnerabilidad la invadió–. Cuando decidáis la fecha, ¿me... invitaréis?

Kat asintió con impotencia.

–Claro. No podría casarme sin que tú estuvieras.

Matilda asintió y dio un paso hacia Kat, pero se detuvo a medio camino. Kat se dio cuenta de su titubeo y, con lágrimas en los ojos, se acercó para abrazar a su abuela.

Gabe se percató de la expresión de angustia de ambas mujeres. Enseguida, Matilda se separó y salió del despacho con la espalda rígida por la tensión.

Kat volvió la cabeza hacia él y se llevó la mano a la boca.

–Oh, Gabe. No nos dará el collar hasta que nos casemos. ¿Qué vamos a hacer ahora?

Él soltó una carcajada burlona.

–Sabes muy bien lo que vamos a hacer. Casarnos.

Capítulo Cinco

Kat meneó la cabeza.

–No, no podemos –negó ella, llena de pánico–. Hablaré con mi abuela. La convenceré de que nos dé el collar como regalo de compromiso.

–¿Crees que aceptará?

Ella dudó un instante si responder con sinceridad.

–Es probable que no. Pero merece la pena intentarlo. Lo que no entiendo es por qué está empeñada en regalármelo, en vez de venderlo.

–Puedes preguntárselo. Y ella puede negarse a explicártelo.

–Lo siento, Gabe –dijo ella, encogiéndose de hombros–. Sabes que nunca fue mi intención que las cosas fueran tan lejos. No tenemos por qué casarnos. Podemos alargar el compromiso hasta que... –añadió y se interrumpió con la respiración acelerada–. Hasta que mi abuela se haya ido.

Él ladeó al cabeza, observándola con atención.

–Cuando me expusiste tu razón para proponerme este alocado trato, hablabas en serio. Lo haces por Matilda, ¿verdad?

–Sí –afirmó ella con ojos brillantes–. Te dije que haría lo que fuera para reconciliarme con ella.

–¿Incluso casarte conmigo?

–Si no hay otra opción, sí –asintió ella–. ¿Significa eso que tú estás también decidido a obtener Deseo del Corazón?

–Haré lo que sea necesario para conseguirlo –aseguró él, se acercó y la tomó entre sus brazos, envolviéndola en su fuego–. Kat, el collar simboliza un amor que comenzó con una sola caricia. Un amor muy desgraciado.

–¿Tiene eso algo que ver con el Fuego de los Dante? –quiso saber ella.

Deseaba poseerla, hacer que se entregara por completo. Ansiaba que Kat se ofreciera a él por voluntad propia, llevada por el incontrolable deseo. Era la única manera de demostrarle lo que significaba el embrujo de los Dante y lo que estaba sucediendo entre ellos.

Gabe notó que ella temblaba, a punto de ceder, de dejarse llevar por la pasión. Él le mordisqueó los labios y, con un suave gemido, ella los abrió, dándole la bienvenida. Sin embargo, él prefirió dejarla elegir. Ella podía admitir que lo deseaba o apartarse. No quería presionarla.

Kat podía haberse zafado con facilidad, pues los brazos de él no la sujetaban con fuerza. Pero, en vez de hacerlo, se apretó contra él y le acarició el pecho y el cuello.

–Gabe, por favor.

Tras esas tres palabras, casi inaudibles, pero impregnadas de deseo, Gabe notó cómo ella se rendía. La apretó contra su cuerpo con brazos fuertes y la saboreó, sin prisa. Ambos se sumergieron en el calor que los invadía, poco a poco.

Pronto, la pasión empezó a ser abrumadora. Era la elegida, la única destinataria del Fuego de los Dante.

Aquel pensamiento cayó sobre él con la fuerza de un rayo. Despacio, separó sus labios de los de ella. ¿Por qué Kat? De todas las mujeres del mundo, ¿por qué había tenido que ser Kat Malloy? Aquello traicionaba todo lo que él había defendido y su lealtad hacia su difunta esposa, Jessa.

Se negaba a creerlo. No era posible que ella fuera la elegida. Lo que le había dicho su abuelo no podían ser más que supersticiones. Su destino era solo suyo, no podía estar en manos de una profecía. Estaba acostumbrado a ser el único dueño de sus actos.

Era él quien elegía a las personas que quería en su vida, se dijo con vehemencia. Y, después de cómo Kat había traicionado a su esposa, no podía... Solo de abrazarla, de tenerla entre sus brazos, se sentía culpable del peor de los pecados. Pero...

No podía resistirse a ella.

Kat levantó la vista hacia él, llena de confusión.

–Has parado. ¿Cómo has podido, cuando yo...?

¿Ella no había podido?

–No sé qué pensar. Eres muy extraño –señaló ella con las mejillas sonrojadas.

–Me habías pedido que te explicara qué es el Fuego de los Dante. Pensé que una demostración personal sería más ilustrativa que un montón de palabras. Esto… esto es el Fuego de los Dante –murmuró él–. O eso creo.

Kat cerró los ojos, como si disfrutara con su contacto.

–Así lo llaman los Dante –repuso él, sin dejar de acariciarla, tratando de grabarse los rasgos de ella en la memoria.

Kat se puso tensa y bajó la vista. Dio un paso atrás para apartarse.

–Los Dante. Los has mencionado antes. ¿Te refieres a los mismos que diseñaron el collar de tu madre? Yo espero trabajar para esa joyería algún día.

–Sí –afirmó él, aunque no era un tema del que quisiera hablar, parecía que no le quedaba otra opción–. Soy pariente suyo.

Ella se apartó. Sintiendo la desolación de la distancia, aunque fuera de apenas un metro, Gabe estuvo a punto de alargar la mano para acercarla, pero se contuvo.

–No lo sabía.

–Muy poca gente lo sabe –indicó él, encogiéndose de hombros.

–¿Por qué lo guardas en secreto?

–Porque no me gusta ser pariente suyo.

Kat permaneció en silencio, esperando a que él continuara. Y, por alguna razón, Gabe se sintió obligado a explicárselo.

***

–Y el Fuego de los Dante. ¿Qué es en realidad? –preguntó ella tras oír su larga historia.

–Es una maldición, una enfermedad –afirmó él, tocándose la palma de la mano, donde todavía le ardía, desde la primera vez que había tocado a Kat–. O, tal vez, solo sea otro cuento de hadas. Según mi abuelo los Dante pueden saber quién es su alma gemela desde la primera vez que la tocan.

Kat levantó la mano, con la palma hacia arriba, sin entender.

–¿Con la primera que la tocan? Desde aquella vez, no me ha dejado de quemar la mano.

–Sí. En eso consiste el embrujo.

–¿Cuánto dura? –quiso saber ella, todavía más preocupada.

Gabe la miró, antes de descargar una sola y fulminante palabra.

–Siempre.

–Siem... –balbució ella y, con la boca abierta, se dejó caer en la silla más cercana–. Tienes que estar de broma.

–Yo no he dicho que fuera verdad. Solo te estoy contando lo que Primo me ha dicho. Es solo otro cuento de hadas –aseguró él–. No es más que una leyenda familiar. Pero, como no soy un Dante, no tiene nada que ver conmigo –añadió, sin poder ocultar su frustración–. Maldición, Kat, no es real, ¿de acuerdo?

–¿Y si no es así?

–Será así –la tranquilizó él, le dio las manos y tiró de ella para ayudarla a levantarse. En ese momento, cuando la tomó entre sus brazos, se dio cuenta de que no le importaba nada el pasado de Kat, sino solo el presente. Tal vez, como su padre, fuera un hombre a merced de sus instintos más básicos, al contrario de lo que él mismo había creído...–. No creas ni por un minuto que lo que estamos experimentando, sea lo que sea, tiene nada de trascendente. Es pura lujuria, Kat, una respuesta hormonal. Tú me deseas y yo a ti. Fin de la historia.

Ella asintió.

–Tú y yo tenemos un acuerdo de negocios, nada más que eso. Por alguna razón, hemos dejado que la atracción que sentimos nos afecte. Pero yo no pienso permitir que vuelva a pasar. No se trata de lujuria, ni de sexo, ni siquiera del Fuego de los Dante. Nuestra relación se basa en Deseo del Corazón y en mi reconciliación con mi abuela. Eso es.

–¿Y cómo piensas impedir que nos afecte de nuevo?

–No pienso impedirlo. Pienso ignorarlo.

Ya. Como si fuera tan fácil, pensó Gabe. Por el momento, a él no le había funcionado.

–Ya te he explicado por qué eso no es posible. Quieres restaurar tu reputación, para que tu abuela te acepte. Yo quiero Deseo del Corazón. Para conseguir nuestros propósitos, estamos abocados a comprometernos, incluso a casarnos. Ya es bastante raro que me case contigo, entre todas las mujeres del mundo, después de lo que pasó entre Winters, tú y Jessa. No querrás dar pie a más rumores ni a que la gente desconfíe, sobre todo, tu abuela.

–¿Quieres que todo el mundo crea que somos amantes? Bien. Tendremos que esforzarnos en fingirlo –señaló ella y agarró su bolso–. Gracias por la comida, Gabe. Ha sido… interesante. Te llamaré mañana. Quizá, podamos coordinar nuestras agendas y marcar algunas comidas y cenas. Ya sabes, citas –añadió y se dirigió a la puerta–. Tienen que ser citas en lugares públicos, donde nunca más estemos a solas. Jamás.

–Claro –replicó él y la detuvo, sujetándola del brazo.

–Una cosa rápida antes de que te vayas.

Kat lo miró y arqueó sus elegantes cejas.

–¿Qué?

–Solo esto…

Sin advertencia, Gabe la tomó entre sus brazos. Esperó a que ella abriera la boca para protestar y se la selló con sus labios. La penetró con su lengua, diciéndole sin palabras que su plan de celibato no tenía ninguna posibilidad de éxito. En silencio, ella se resistió durante diez segundos, antes de rendirse a la pasión.

Sumergiéndose en sus brazos, Kat lo besó con el mismo frenesí, lengua con lengua, saboreándose como dos muertos de hambre. Ella le mordisqueó el labio inferior y, a continuación, se lo acarició con los suyos.

Mientras, Kat le recorrió el cuerpo con las manos, el pecho, la espalda… Lo apretó con fuerza, moviendo las caderas contra él con urgencia, volviéndolo loco de deseo. Y siguió acariciándolo por todas partes, hasta deslizar las manos hacia abajo, más allá del cinturón, para tocar su erección.

De pronto, ella se quedó paralizada, como si hubiera encontrado más de lo que había esperado. Le tocaba a él explorar un poco, pensó Gabe y encontró la cremallera del vestido de ella. Se la bajó, recorriéndole la columna con la punta de los dedos. Cuando deslizó uno debajo de la banda elástica de sus braguitas, ella se estremeció con un gesto de frustración.

–Gabe, por favor.

–¿Quieres que pare? –preguntó él.

–Si paras, tendré que asesinarte.

Sin poder controlarlo, el beso se hizo más y más ardiente. Si no encontraba una manera de salir de su despacho enseguida, iba a mandarlo todo al diablo y acabaría tomándola encima de la mesa y sin protección, pensó él.

Haciendo un esfuerzo heroico, Gabe separó sus labios, la rodeó con un brazo y la condujo hacia unas escaleras en un extremo del despacho. La subida a su piso en el ático le pareció interminable. Ella titubeó al llegar arriba, mirando a su alrededor. Las ventanas de cuerpo entero mostraban impresionantes vistas de Seattle y, más allá, del monte Rainier. Los picos cubiertos de nieve se erguían sobre la ciudad en el cielo de diciembre.

Kat aminoró los pasos, meneando la cabeza. Se sujetó el vestido, que tenía la cremallera bajada, contra el pecho.

–No, aquí, no.

Su abrupta negativa tomó a Gabe por sorpresa.

–¿Qué pasa, Kat?

–Aquí, no –repitió ella–. No donde Jessa…

Entonces, él entendió.

–Jessa nunca puso un pie en este piso. Yo ni siquiera había comprado el edificio cuando estaba casado con ella. Lo compré un año después de su muerte.

Kat cerró los ojos, aliviada, y soltó una risa nerviosa.

Kat dio un paso hacia él. Con un elegante movimiento de los hombros, dejó caer el vestido hasta sus caderas. Gabe había esperado que llevara ropa interior negra, pero no. Era de color crema, delicada, virginal y muy femenina, en contraste con su sofisticado vestido.

Con otro movimiento de cadera, el vestido le cayó al suelo. A continuación, se quitó los tacones y siguió acercándose. Gabe se extrañó al verla tan pequeña sin los zapatos. ¿Y esa ropa interior tan delicada y virginal? Parecía una ilusión. Y lo llenaba de ardiente deseo. Solo quería hacerla suya, que fuera la única mujer en su vida. Ansiaba sumergirse en la fantasía, sabiendo que era solo eso, una fantasía. Pronto, tendría que volver a poner los pies en la tierra. Pero hasta entonces…

Cuando Gabe acercó las manos hacia ella, Kat se las apartó. ¿No quería que la tocara? Estaba bien. Esperaría. Por el momento.

Kat le desabrochó el nudo de la corbata y se la quitó. A continuación, le sacó la camisa del pantalón y comenzó a desabotonársela. Le acarició el pecho, bajando en tentadores círculos por sus abdominales. Con hábiles movimientos, le desabrochó la cremallera y el botón de los pantalones. Luego, le despojó de ellos.

En vez de quitarle los calzoncillos, miró a su alrededor y posó los ojos en la puerta que daba al dormitorio. Se dirigió hacia allá, dejando que él contemplara sus glúteos perfectos, redondos. Parecían melocotones maduros, pidiendo a gritos ser mordidos, Haciendo una pausa en la puerta, giró la cabeza hacia él. Tenía el pelo suelto sobre los hombros, como llamas de fuego, acariciándole unos hombros cremosos y rozándole los pechos. Era la diosa de la tentación en persona. Tal vez, debiera protegerse contra ella, pensó, quizá se arrepentiría sin remedio si se dejaba llevar. ¿Pero cómo resistirse?

–¿Vienes?

Capítulo Seis

Con solo esa invitación, Gabe estaba perdido.

Se fue hacia la puerta, con pasos rápidos y decididos, la tomó en sus brazos y entró con ella en el dormitorio. En menos de dos segundos, la tumbó en la cama.

Estaba muy hermosa y, aunque su rostro trataba de ocultarse tras una fachada de impasividad, no era difícil adivinar los secretos que escondía. Un brillo de vulnerabilidad tintaba sus ojos llenos de sombras, mientras la pasión esculpía su carnosa boca.

Gabe se acostó a su lado, recorriéndole la cara con un dedo, desde los ojos a los labios.

–Percibo sentimientos contradictorios en tu rostro.

–¿Es eso lo que ves? –preguntó ella–. ¿Es lo único que ves?

–Me deseas.

–Sí.

–Pero no quieres desearme.

–También has acertado en eso –reconoció ella con una débil sonrisa.

–Creo que eso resume bastante bien nuestra relación.

Ella cerró los ojos con suavidad y dejó escapar un suspiro apenas audible.

–¿Estás tratando de convencerme para dar marcha atrás?

¡Claro que no!, pensó él. Pero…

–No quiero que luego te arrepientas. Ni que me eches en cara que no hemos esperado a la noche de bodas –señaló él, sorprendido por su propia delicadeza. Por alguna razón, Kat le hacía ser sensible y considerado–. Intento ser honesto, Kat.

Ella lo miró a los ojos.

–Aquí, no. Ahora, no.

–¿Quieres que te mienta? –preguntó él, sorprendido.

–Por una parte, sí –afirmó ella y se mordió el labio inferior, pensativa–. Pero me temo que sería un error.

Gabe la comprendía. También él prefería aferrarse a la fantasía y olvidarse de la realidad.

–¿Qué te parece si nos centramos en lo que queremos, en vez de en lo que no queremos?

–Me encantaría –repuso ella y se incorporó sobre los codos–. ¿Por qué no hacemos un trato?

Gabe soltó un gemido de protesta, no sabiendo si reír o si estrangularla.

–¿Otro trato?

–Uno pequeño. Creo que ambos estamos de acuerdo en que nos deseamos. Como has dicho, tenemos que admitir que no podemos resistir la poderosa atracción que experimentamos.

–No te lo discuto.

–Pues demos un paso más. En vez de mentir sobre lo que queremos, ¿qué te parece si acordamos ser siempre sinceros en la cama? Aquí, por muy doloroso que sea, nunca nos mentiremos.

–Desnudos en todo el sentido de la palabra.

Ella asintió.

Sin decir nada más, Gabe abrió el cajón de la mesilla y sacó uno de los preservativos que había guardado allí desde hacía tres semanas, esperando que algún día ese momento llegaría. A continuación, le tomó el rostro entre las manos y la besó, demostrándole lo mucho que la deseaba. Pronto, sus lenguas se entrelazaron.

Los besos de Kat eran divinos, deliciosos y juguetones.

Pero no eran bastante. Quería mucho más de ella. Lleno de ansiedad, sintió la urgencia incontrolable de quitarle los delicados pedazos de seda y encaje que cubrían sus partes íntimas y tomarla sin más preámbulos. Pero algo le hizo contenerse. Quizá, fueron aquellos lacitos blancos e inocentes que decoraban el centro de su sujetador y las caderas de sus braguitas. El contraste entre aquellos detalles inocentes y virginales con la sofisticación de su dueña hizo que él se detuviera. Eso y la tensión nerviosa que notaba en ella.

Después de un momento, Gabe decidió seguir sus instintos. Aquella era su primera vez juntos. Habría más ocasiones para tener sexo rápido y urgente. Sin embargo, esa tarde, se tomaría tu tiempo. La llevaría a la cima poco a poco, caricia a caricia. Y empezaría por el centro de su cuerpo, un dulce comienzo.

Gabe bajó la cabeza y trazó un camino de besos en su abdomen, inhalando su femenino perfume. Ella se estremeció, sorprendida, y arqueó un poco la espalda. Él sonrió, disfrutando de haberla tomado con la guardia baja. Planeaba seguir haciéndolo. Era una mujer que quería tenerlo todo bajo control y él quería echar abajo sus defensas y hacerle perder el control por completo. Le acarició las caderas y sintió un pequeño escalofrío en el vientre de ella, como si anticipara que le iba a quitar las braguitas. Pero él no lo hizo, prefirió subir hasta los contornos de su sujetador, volviendo a sorprenderla.

–Gabe, ¿qué estás haciendo?

–Jugando –repuso él, levantando la cabeza para mirarla–. Me cuesta decidir por dónde empezar.

Kat se quedó paralizada, quizá no había esperado su tono de broma. El sexo siempre había sido algo demasiado serio para ella. Era una pena, pensó Gabe, cuando era algo tan divertido.

Al final, Kat rio, relajándose un poco.

–¿Así que quieres jugar? –lo retó ella y comenzó a acariciarle el abdomen–. Creo que yo ya sé por dónde voy a empezar.

Gabe tomó los pechos de ella en las manos y los apretó con suavidad. Luego, le rozó el pubis a través de las braguitas.

Kat lo rodeó con sus brazos y lo apretó contra su cuerpo. Ambos encajaban a la perfección. Como una llave en su cerradura.

–Si me llevas contigo, te acompañaré allí donde tú quieras jugar.

Él sonrió al comprobar que ya no estaba tan tensa. Y estaba muy hermosa bajo los colores de la tarde que bañaban la cama desde la ventana. Las preocupaciones que la habían invadido parecían haber desaparecido, mientras ella se sumergía en sus brazos, segura y confiada.

Gabe percibió el placer en sus ojos verdes, la alegría en sus labios y dio gracias porque, en su primer encuentro, hubieran dejado atrás la oscuridad del pasado. Nada siniestro importaba en ese momento.

Jugaron a desnudarse del todo y sus cuerpos quedaron al descubierto. Sus caricias eran suaves, tiernas. Sin embargo, a cada momento, la pasión crecía, convirtiéndose en un volcán a punto de estallar.

Entonces, Gabe se quedó mirándola. Era muy hermosa. Su belleza parecía de otro mundo más etéreo, inalcanzable. Sin embargo, estaba llena de vida y todo en ella rogaba ser tocado.

La luz del atardecer pintó su cabello pelirrojo de mechones de fuego y se reflejó en sus ojos. Era la tentación en persona, pensó él. Entonces, Kat le acarició el rostro, él le sujetó la mano y se la besó, en el primer sitio donde el embrujo se había hecho notar, en la palma.

Gabe comenzó a deslizar las manos por su cuerpo, poniendo en práctica lo que había aprendido mientras jugaban. Sus zonas más sensibles eran alrededor de los pezones y debajo de los pechos, así que se quedó allí hasta que Kat comenzó a temblar entre sus brazos. También había descubierto que ella se estremecía de placer cada vez que le acariciaba la parte trasera de los muslos. Y que si le mordisqueaba el labio inferior, ella le entregaba su boca con incontrolable urgencia. Además, notó que ella se avergonzaba un poco de su trasero, tal vez, porque lo consideraba demasiado grande, pero a él le parecía el trasero más perfecto del mundo. Y comprobó que, si la besaba en los pequeños hoyuelos que tenía al final de la espalda, se volvía loca de deseo.

Centímetro a centímetro, Gabe exploró todo su cuerpo, decidido a hacer que la temperatura subiera hasta límites que ella no hubiera experimentado jamás. Mientras lo hacía, también él iba llegando más y más cerca del éxtasis.

–Pónmelo tú –pidió Gabe, tendiéndole el preservativo–. Quiero sentir cómo me tocas.

Kat tuvo que intentarlo tres veces hasta conseguir abrir el envoltorio. A continuación empezó a colocárselo con lentitud, provocándolo. Primero, fingió habérselo puesto al revés, luego, demasiado apretado, hasta que al fin completó la tarea. Por entonces, él ya no podía esperar ni un segundo más para tomarla.

Gabe se colocó sobre ella, entre sus piernas abiertas.

–Espera –susurró ella, empujándolo de los hombros–. Creo que no te lo he puesto bien.

–Basta de juegos –repuso él–. Ahora, no.

–Pero…

Gabe la silenció con un beso y la penetró. Ella se puso rígida y, cuando se apretó a su alrededor, él estuvo a punto de llegar al orgasmo casi antes de empezar. Pero consiguió controlarse, decidido a darle todo el placer que pudiera. Despacio, salió y volvió a entrar, enterrándose en profundidad. Entonces, se detuvo, esperando a que ella se acostumbrara a su unión. Mientras tanto, poco a poco, Kat fue relajándose y derritiéndose entre sus brazos. Se abrió para él, levantando las caderas, intentando sincronizar su ritmo con el de él.

A Gabe le sorprendió que no se hubiera sincronizado desde el primer instante.

Había pensado que dos personas experimentadas como ellos se entenderían en la cama un poco más rápido. Pero, tal vez, fuera por culpa del embrujo. Quizá la urgencia que los abrumaba era tan intensa que no los dejaba demostrar sus habilidades como era debido.

Enseguida, el ritmo se amplificó, convirtiéndose en algo que Gabe no había sentido nunca antes. Trascendía todo lo que él había vivido, conectando sus almas de forma indefectible. En los ojos de Kat, vio que ella estaba notando la misma conexión.

De pronto, algo cambió.

Kat se incorporó hacia él mirándolo a los ojos llena de incredulidad e inocente placer.

–¿Qué me has hecho? –susurró ella, y los ojos se le llenaron de lágrimas que le rodaron por las mejillas hasta el pelo.

Entonces, Kat se entregó por completo al fuego que los abrasaba y llegó al orgasmo con una intensidad arrebatadora, llevándolo con ella.

Gabe se giró desde la ventana y la miró. Los últimos rayos de sol bañaban su cuerpo dormido. De pronto, otra imagen se apoderó de su mente, cuando la había sorprendido en la cama de Benson Winters. Sin embargo, no conseguía recordar esa imagen con claridad, era como si se hubiera hecho pedazos para siempre. Hacía cinco años, ella no había experimentado el beso de un hombre... ni nada más.

Gabe había sido el primero.

Eso explicaba mucho sobre el encuentro que habían tenido, incluido lo mucho que había tardado en ponerle el preservativo. No había sido para provocarlo. Era una mujer inexperta. También explicaba por qué había querido esperar a que se casaran, algo que él le había negado.

Mirando al suelo, Gabe se sintió culpable por haberla presionado, por haber insistido en que hicieran el amor allí y en ese momento. También, comprendió mejor la sonrisa agridulce de ella, su mirada de callada aceptación.

Otras imágenes asaltaron su mente, como la forma en que Kat lo había mirado cuando había creído que iba a llevarla a la misma cama donde había hecho el amor con Jessa. Y esa ropa interior tan virginal...

¿Cómo no se había dado cuenta antes?, se reprendió a sí mismo. ¿Por qué no lo había entendido? Debía haberla protegido, incluso de sí mismo...

Lo que Gabe había creído una fantasía, había sido realidad. Y, si eso era cierto, significaba que la realidad no era... lo que él había dado por supuesto.

Pero eso no explicaba qué había hecho Kat en aquella cama de hotel hacía cinco años. ¿Tendría razón Winters? ¿Había intentando ella seducirlo esa noche? No, eso no tenía sentido. Si hubiera sido así, Winters no la habría saludado tan calurosamente en el restaurante. Ni habría querido volver a verla.

Gabe le dio vueltas al asunto, intentando usar la lógica que tanto lo caracterizaba. Pero no podía librarse de las emociones que lo embargaban en lo que se refería a Kat.

Podía pensar en varias explicaciones para su virginidad, empezando por... Paralizado, recordó una ocasión en que Jessa había llegado llorando a su puerta llorando, pidiéndole que la acompañara a la habitación de hotel donde le habían dicho que encontraría a su novio con otra mujer. Después de que hubieran encontrado a Kat, la relación de Gabe con Jessa había ido a más... Pero no quería pensar en eso.

Y volvió a posar los ojos en la mujer que dormía en su cama.

Una cosa sabía seguro: Kat no había hecho el amor con ningún otro hombre en su vida. Y no dejaría que lo hiciera durante mucho tiempo.

Sumido en sus pensamientos, se fue al salón y se sacó el móvil del bolsillo. Hizo unas cuantas llamadas, empezando por Primo y Matilda. Ambos respondieron a su propuesta con el mismo entusiasmo. Después de eso, se ocupó de algunos detalles prácticos, como reservar el vuelo, habitaciones de hotel y la licencia necesaria. Era increíble lo que el dinero y los buenos contactos podían conseguir en unos cuantos minutos. Cuando hubo terminado, regresó a la habitación... y a la cama.

Gabe se acostó junto a Kat, envolviéndola con el calor de su abrazo. Dormida, ella estaba por completo indefensa y todos sus rasgos delataban su vulnerabilidad. Le apartó un mechón de pelo de la cara y la besó, despacio y con pasión. Ella gimió con suavidad, todavía medio dormida, abriéndose a él. Se entregó al beso sin titubear. Luego abrió los ojos, rebosantes de pasión.

–¿Ya ha amanecido?

–Acaba de oscurecer.

Kat rio.

–Esta noche no voy a poder dormir.

–Podemos hacer otras cosas en vez de eso –sugirió él.

–No lo dudo.

–Tenemos que hablar.

–¿De qué? –preguntó ella, poniéndose tensa, a la defensiva.

–Veamos... de la vida, de la muerte, los impuestos... –bromeó él e hizo una pausa–. Del hecho de que fueras virgen. Explícamelo, Kat.

Kat se sonrojó, pero siguió mirándolo con expresión desafiante, sin pestañear.

–Prefiero no explicar nada.

–Y yo prefiero que sí lo hagas –repuso él, un poco tenso también–. De hecho, debo insistir. Ya que fuiste tú quien me pidió que fuéramos honestos cuando estuviéramos en la cama juntos…

–Maldición –murmuró ella–. Se suponía que esa clase de honestidad debía funcionar a mi favor, no al tuyo.

–Sí, es una pena –contestó él y le sujetó el rostro por la barbilla para impedir que bajara la vista–. ¿Cómo es posible que tuvieras una aventura con Winters y seas virgen?

–Es un milagro –dijo ella, encogiéndose de hombros.

–O no tuviste una aventura con Winters.

–Esa es otra posibilidad –afirmó ella, desafiante y con el cuerpo en tensión–. Puede que recuerdes que, en su momento, fue lo que le dije a todo el mundo.

–Y nadie te creyó –reconoció él y no pudo evitar sentirse culpable por haber estado entre los que habían dudado de ella. Pero no había sido fácil, sobre todo, cuando había sido él quien la había encontrado en el lecho de la infidelidad.

–Las pruebas eran bastante contundentes –admitió ella.

–Winters dijo que habías intentado seducirlo.

–Sí.

–Pero, si ese hubiera sido el caso, ¿por qué fue

tan amable contigo en el restaurante? –inquirió él, molesto por no comprender.

–Quizá haya comprendido que me habían tendido una trampa.

–¿Quién?

Kat apretó los labios, invadida por un mar de emociones. Rabia. Decepción. Dolor por haber sido traicionada.

–Tú sabes quién me tendió la trampa, Gabe. Lo que pasa es que no quieres creerlo. Nadie quiso creerlo, ni siquiera mi abuela.

De pronto, Gabe se dio cuenta de que ni una sola vez Jessa se había entrometido en sus pensamientos mientras estaba con Kat. Ni la había comparado con ella. Ni siquiera se había sentido culpable. Sin embargo, su sombra estaba allí en ese momento, acusadora...

–Era mi esposa. Estás pidiéndome que crea...

–No era tu esposa en ese tiempo –interrumpió Kat–. Y no te pido que creas nada. No me importa lo que los demás crean. Yo sé lo que pasó y he vivido con ello durante cinco años. He vivido con el peso de que todos me consideraran una ramera, acusada de intentar quitarle el novio a mi prima y de ensuciar la reputación de Benson.

–No entiendo algo, Kat. ¿Por qué iba Jessa a tenderos una trampa? No tiene sentido.

–¿Qué más da, Gabe? Ella no puede decírnoslo. Y cualquier explicación que yo pueda darte sería solo una especulación. Además, no es asunto tuyo.

–Es asunto mío, si tiene que ver con Jessa –replicó él–. Y si tiene que ver contigo, me atañe a mí también.

Kat se apartó de él y se levantó de la cama. Miró a su alrededor, confusa, preguntándose dónde había dejado sus ropas. Al no encontrarlas, se rindió, abrió el armario y sacó un albornoz color chocolate. Se lo puso y se cerró el cinturón. Le quedaba tan largo que la hacía parecer todavía más indefensa que cuando había estado desnuda.

–No quiero hablar de esto más –anunció ella.

–No quieres contarme la verdad, ¿es eso? Por eso te has ido de la cama.

Kat lo miró, apartándose el pelo de la cara.

–De acuerdo, sí. No quiero contarte la verdad... aunque no hay mucho que contar. Además, ni siquiera estamos casados.

–Eso va a cambiar muy pronto.

–¿En qué estás pensando? –preguntó ella, mirándolo asustada.

–He preparado todo para que volemos a San Francisco. Nos iremos mañana a primera hora y recogeremos a Matilda por el camino. También podemos pasarnos por tu hotel para que lleves tu maleta –informó él.

Se acercó para tomarla entre sus brazos

–Dentro de dos días, serás mi esposa. Y volveremos a la cama, para que me digas lo que quiero saber. Cada detalle, con total honestidad –añadió, hablándole solo a unos milímetros de la boca–. Aunque tenga que atarte a la cama.

Entonces, Gabe selló su promesa con un beso

que hizo que el deseo explotara como un volcán, consumiéndolos en su fuego.

En el asiento de cuero del jet de Gabe, Kat miraba por la ventana mientras se acercaban a San Francisco. Él había sido muy solícito con Matilda y la había acomodado en un pequeño dormitorio a bordo para que descansara durante el trayecto.

Pero Kat no podía dejar de darle vueltas a un pensamiento. ¿Cómo había sabido que era virgen? La única posibilidad que se le ocurría era que había sido tan patosa haciendo el amor que él no había podido encontrar otra explicación.

Encogiéndose un poco, pensó en cómo Gabe se había encerrado en sí mismo desde entonces.

Había esperado que, cuando supiera la verdad respecto a Benson y ella, su relación mejoraría. En vez de eso, había pasado lo contrario. Él ya no se mostraba alegre ni apasionado. Estaba acorazado dentro de sí mismo y ella no sabía qué hacer para romper esa coraza.

Aunque su instinto le decía que se rebelara contra un matrimonio tan repentino, Kat no se atrevía a hacerlo. Después de todo, era lo que los dos habían querido. Sumida en sus pensamientos, miró a Gabe. Él estaba concentrado trabajando en su ordenador, con expresión tensa. Algo andaba mal y no tenía solo que ver con lo apresurado de su boda.

¿Qué era lo que ensombrecía su rostro, lo que tanto le preocupaba? ¿Sería solo el haber descubierto que ella era virgen? No tenía sentido, pensó Kat. Ni explicaba sus prisas por casarse.

Si él no le contaba qué le pasaba, se lo preguntaría, decidió ella, removiéndose en su asiento. ¿Y si eso no funcionaba? Entonces, tendría que seducirlo y arrastrarlo a la cama más cercana y obligarlo a cumplir su trato de honestidad.

–Gabe, me gustaría que reconsideraras lo de casarnos con tanta prisa –dijo ella al fin–. Nadie va a creerse que sea real. Y no quiero que mi abuela sospeche que es por el collar.

–No lo sospecha. Diablos, Matilda y los Dante están convencidos de que lo nuestro va en serio. Y, pronto, todo el mundo lo creerá.

–No lo entiendo –reconoció ella–. ¿Por qué? ¿Por qué de pronto todos van a aceptar que es real? ¿Por qué ahora piensas que todo el mundo se lo va a creer? ¿Qué ha cambiado?

Gabe titubeó antes de responder.

–Lo que ha cambiado soy yo. Cuando la prensa descubra que soy un Dante y que estamos atrapados en el embrujo de mi familia, no tendrán más remedio que creérselo. Sobre todo, cuando la familia de mi padre sancione nuestra unión.

Kat se quedó helada.

–¿Vas a decírselo a la gente? –preguntó ella con aprensión–. Creí que no querías que nadie supiera que eran tu familia. Pensé que despreciabas a los Dante.

–Así es –afirmó él con expresión de amargura–. Pero es la manera de explicar la rapidez de nuestro matrimonio.

A Kat no le gustaba la idea. Ni su plan. Sobre todo, por mucho que parecía disgustarlo a él.

–Sigo sin entender. ¿Qué tiene que ver la prisa con anunciar nuestra relación a tu familia paterna? ¿Y por qué tenemos que casarnos tan pronto? ¿Por qué no esperar unos meses?

Él dejó los papeles a un lado y la miró, soltando un suspiro.

–Se me olvidaba que llevas fuera del país cinco años.

–¿Es que ha pasado algo en estos cinco años relacionado con esto?

–El Fuego de los Dante se hizo público hace unos años, cuando uno de mis hermanos, Marco, demostró en público que su esposa podía distinguirlo de su gemelo aun con los ojos vendados, gracias al hechizo que los había unido para toda la vida. La noticia salió en todos los medios de comunicación, incluso en los más respetables. Si yo hago público que soy un Dante y admitimos que estamos bajo el embrujo de la familia, nadie cuestionará la validez de nuestro matrimonio, sobre todo, si los Dante nos apoyan.

–¿Los Dante van a apoyarnos? –quiso saber ella. Si así era, solo podía significar una cosa, que él había ido a buscarlos y les había pedido ese favor.

–Sí. Por eso, nos casaremos en San Francisco, para que los Dante puedan asistir.

Al comprender el precio que él había pagado, Kat se sintió culpable. Había sido ella quien había acudido a él para embrollarle en esa locura. Y había sido su abuela quien había acelerado las cosas al prometerles Deseo del Corazón como regalo de bodas. Sus acciones y las de Matilda lo habían puesto en esa situación, caviló, con el corazón roto. Gabe se había sacrificado por ella y por su matrimonio, pensó. Además, tenía la sensación de que no era solo por el collar. Sospechaba que su prisa repentina tenía que ver con lo que había pasado el día anterior...

–Oh, Gabe –susurró Kat–. Dime que no has acudido a los Dante todavía...

–Era la única manera –repuso él con la mandíbula tensa.

–No, no lo es. Podemos esperar, como habíamos planeado –sugirió ella y le tocó la rodilla–. Gabe, por favor, no te metas en esto a menos que quieras usarlo para reconciliarte con tu familia.

–Ya está hecho, Kat –repuso él, bajando la vista a los documentos que tenía en la mano–. Además, no es para tanto. Solo les he pedido a los Dante que apoyen nuestro matrimonio. Y lo mejor de todo es que no vamos a tener que ocuparnos de casi nada. Primo va a ocuparse de los detalles de la boda por nosotros.

–¿Asistirá tu abuelo?

–No solo Primo, toda la familia –señaló él–. Conocerás a todos los Dante, los mismos que han negado mi existencia desde el día en que nací. Así, sabrás de dónde vengo. Y, sobre todo, sabrás en lo que no quiero convertirme nunca –añadió con gesto de amargura.

Kat escuchó en silencio, dándose cuenta de que él estaba decidido y nada que ella dijera podría hacerle cambiar de opinión.

–¿Vendrá Lucía? –preguntó ella con voz suave–. Tengo muchas ganas de conocerla.

Gabe sonrió con afecto.

–Sí. Conocerás a Lucía –afirmó él y su sonrisa se desvaneció antes de añadir–: Pero debo advertirte que está trabajando de incógnito para Primo. Él no sabe que es su nieta y quiero que siga siendo así. Mi hermana ya ha sufrido bastante y no quiero que nada la haga daño.

Era un hombre muy protector, observó Kat. Él siempre mostraba esa actitud cuando hablaba de su hermana y su madre y algunas veces la había demostrado también hacia ella.

–¿Trabaja para Primo? Me sorprende, después de lo que me has contado de vuestro pasado.

–A mí también me sorprendió. Me he enterado hace poco.

Kat lo pensó un momento antes de responder.

–Quería conocer a su abuelo, ¿verdad?

–Sí.

Entonces, Kat comprendió algo más: el dolor que Gabe sentía por lo que concebía como una traición.

Por mucho que él quisiera ocultarlo, era como un león con una espina en la pata. Tal vez, ella pudiera ayudarle a sacársela.

–Supongo que tu hermana no siente lo mismo que tú acerca de los Dante.

–Déjalo, Kat –repuso él, sin querer hablar más del tema.

–Debiste de sufrir mucho cuando lo descubriste. Debiste de sentirte traicionado.

–Te he dicho que lo dejes, ¿no lo entiendes?

Pero ella no podía dejarlo. Decidió ir al grano, sin andarse con más rodeos.

–Gabe, estoy segura de que Lucía no quería herirte. Ni piensa que no seas bastante familia para ella. Es natural que quiera conocer a la familia de su padre.

Había dado justo en el clavo y el león rugió como respuesta. Luego se enfrentó hacia ella, sacando las garras.

–A ver si así dejas de hablar.

Tras levantarse, Gabe la tomó entre sus brazos y la besó con fuerza, dando rienda suelta a su rabia. Si había pensado que así podía intimidarla, se había equivocado. Ella le correspondió el beso con la misma fuerza. Cielos, lo deseaba más que antes, sobre todo, porque sabía lo que podía esperar.

–Gabe, por favor –suplicó ella, sin dejar de besarlo con frenesí.

–¿Quieres que pare? No creo que pueda.

–No quiero que pares. Por favor, hazme el amor –rogó ella.

–Hacer el amor –repitió él y la sostuvo entre sus brazos un momento, en silencio y con los ojos cerrados–. No lo llames así. No quiero hacerte daño, pero te lo haré si conviertes esto en algo que no es. No es amor. Es sexo.

–¿O el embrujo?

Para su sorpresa, Gabe no lo negó y se limitó a suspirar.

–¿Qué más da cómo lo llamemos? Solo sé que no va a durar. Y necesito que tú lo entiendas.

–¿Qué tiene eso que ver con tu prisa por casarnos? –quiso saber ella, confusa.

–Porque no paré cuando me lo pediste –repuso él con tono críptico.

Ella frunció el ceño, sin comprender.

–Yo no te he pedido que pares.

–El preservativo –le recordó él, mirándola con gesto de ternura–. Se salió de su sitio. Tú me dijiste que creías que no lo habías puesto bien y trataste de detenerme. Pensé que no lo decías en serio y no te hice caso.

La confusión de Kat se tornó en conmoción.

–Crees… –balbuceó ella y se interrumpió, casi sin respiración–. ¿Crees que estoy embarazada?

Capítulo Siete

Gabe asintió.

–Es una seria posibilidad. Por eso, es mejor que nos casemos cuanto antes, sobre todo, si quieres reconciliarte con tu abuela. Solo has empezado a retomar el contacto con ella. No quiero que esto lo sabotee. Es mejor que piense que nos casamos porque no podemos esperar a que crea que es una boda de penalti.

Kat se quedó petrificada. Solo podía pensar en una cosa. Podía estar embarazada. Podía llevar dentro un bebé de Gabe.

La mera idea le hizo sentir embriagada.

Le asaltaron imágenes de un niño con cabello moreno y ojos dorados. Se imaginó amamantándolo. Visualizó a Gabe meciendo al niño que habían creado.

Cielos, no podía hacerle eso a Gabe, pensó Kat. No podía atraparlo de esa manera.

–No –negó ella, apartándose de sus brazos–. No es posible. No estoy embarazada, no puede ser solo porque lo hayamos hecho una vez.

Gabe la miró, arqueando una ceja ante lo absurdo de su comentario.

–De acuerdo –admitió ella y se pasó las manos

por el pelo, nerviosa–. La posibilidad existe. Pero es muy remota, ¿verdad?

–Si tú lo dices... Yo no pienso correr el riesgo. Tenemos que casarnos, de todas maneras, para que yo pueda recuperar Deseo del Corazón. Esto solo significa adelantar un poco las cosas, nada más.

–Si ni siquiera hemos anunciado nuestro compromiso... Y no me has pedido que me case contigo. De hecho, creo que fui yo quien te lo pidió a ti –protestó ella, a punto de perder la compostura. La situación le resultaba demasiado abrumadora. Respiró hondo, para calmar los nervios–. Oh, Gabe. ¿Qué estamos haciendo?

–Vamos a ir paso a paso.

Ella asintió, tranquilizada por su respuesta.

–Y el primer paso es casarnos.

Gabe rió, aunque sus carcajadas tenían más de amargura que de alegría.

–No. El primer paso es reunirnos con los Dante y hablar con ellos sobre los preparativos.

–¿Y eso es malo? –preguntó ella con incertidumbre.

–Es complicado.

Kat entendió enseguida a qué se había referido él cuando Primo los recibió en el aeropuerto. Fumaba un puro muy oloroso y, después de ser presentado a Matilda, se giró hacia ella.

A Kat le sorprendió comprobar lo mucho que se parecía a su nieto, pero no tuvo tiempo de decir nada, pues Primo la envolvió en un caluroso abrazo al estilo italiano y le dio dos besos con efusividad.

–Encantada de conocerlo –saludó ella.

–Lo mismo digo –replicó Primo y dio un paso atrás para mirarla bien–. Bueno, así que tú eres la media naranja de Gabriel. El embrujo ha sido muy generoso con mi nieto.

–Gracias –dijo ella, sonrojándose.

Entonces, Primo se volvió hacia Gabe, sonriente.

–¿No saludas a tu abuelo?

Gabe le dio un abrazo a su abuelo, para sorpresa de Kat.

–Gracias por venir a buscarnos. Y por ocuparte de los detalles de la boda.

–Es un placer –aseguró el hombre mayor y le dio una palmada en la espalda a su nieto–. Adelante. Vayamos a conocer a tu abuela.

Primo los condujo al coche e insistió en que Matilda se sentara a su lado y Gabe y Kat enfrente de ellos. Matilda insistió en que la dejaran en el hotel y, después de dejarla acomodada en su habitación, continuaron hacia casa de Primo en Sausalito, atravesando las ajetreadas calles de la ciudad.

–¿Quién estará allí? –inquirió Gabe, de pronto.

–Por ahora, solo está Nonna, tu abuela –le tranquilizó Primo–. No queremos saturarte con todos tus primos y sobrinos hasta la ceremonia. Pero te advierto que tu abuela no está muy de acuerdo con esta reunión –señaló y se llevó la mano al pecho–. No tanto como tu abuelo, que está encantado de tenerte en la familia a la que perteneces. Ella se parece más a ti, Gabriel. No está segura de querer reconocer el vínculo.

–Entonces, ¿por qué forzarlo? –preguntó él, orgulloso.

–Porque eres el hijo de mi hijo –respondió Primo con sencillez–. También eres hijo de su hijo. Ella lo verá en cuanto ponga los ojos en ti. Verá que eres el vivo retrato de su hijo y sus reservas se desvanecerán como la niebla de la mañana.

–Yo no soy como Dominic –protestó él–. Ni pienso sustituirlo de ningún modo.

–No –replicó su abuelo con tristeza–. Nunca serás igual que él.

Primo volvió a posar la atención en el paisaje que iban recorriendo, dándole un tour guiado a Kat por el camino. Al final, dejaron atrás la terminal del ferry y tomaron un camino serpenteante hacia las montañas. El coche los dejó en ante una espaciosa casa con vista a la Isla de Ángel y Belvedere.

Primo abrió y los invitó a entrar. Atravesaron un gran patio lleno de vegetación y Kat pensó que sería muy hermoso en primavera. En esas fechas, en vez de flores, habían puesto luces y adornos de Navidad.

–Bienvenidos a mi hogar –dijo Primo con orgullo y señaló hacia las decoraciones–. Cuando oscurece, está muy bonito. No son excesivas, ni demasiado escasas, sino el término justo, ¿capito?

Cuando Gabe permaneció en silencio con tozudez, Kat respondió por los dos.

–Seguro que es espectacular.

Mirando al hombre que pronto sería su marido, sintió la tentación de darle un codazo en las costillas para llamarle la atención por su falta de educación. Entonces, comprendió que su silencio no se había debido a la grosería, sino al respeto. Él tenía la vista puesta en una mujer sentada ante una mesa de hierro forjado, debajo de un gran roble. Ambos se miraban en silencio, mientras el ambiente se llenaba de tensión.

Primo siguió la mirada de su nieto y sonrió.

–Ah, allí está Nonna, esperándonos con chocolate caliente –señaló el hombre mayor, radiante de alegría–. Mira, chico, ¿no es la mujer más hermosa? Nunca he conocido a nadie que pueda hacerme tan feliz solo de verla. Lo mismo te ha pasado a ti con Katerina, ¿verdad?

Gabe tomó la mano de su acompañante.

–Tu esposa es muy bella, Primo –afirmó Gabe con gesto de preocupación–. Pero también parece muy asustada –murmuró.

–Seguro que encuentras la forma de ganártela –lo animó Kat con suavidad–. Puedes protegerla del sufrimiento.

–¿Protegerla?

–¿No es eso lo que siempre haces, proteger a la gente? –replicó ella con una dulce sonrisa.

–Lo intento, pero…

–Está enfadada con su hijo, no contigo –le susurró Kat–. Y tiene miedo porque no sabe cómo manejar la situación. Teme que hagas daño a su familia. Solo necesita saber que no piensas lastimarlos. Porque es así, ¿verdad?

–Eso depende.

–Gabe… Yo sé lo que es perder a la familia, quedarse a un lado y no tener a nadie. Daría lo que fuera por recuperar a mi abuela –admitió ella con labios temblorosos–. Tú tienes esa oportunidad, aquí y ahora. Te suplico que no la dejes escapar.

No pudieron seguir hablando, pues Primo los condujo hacia delante. Debió de percatarse de los sentimientos encontrados entre su nieto y su esposa, pues empezó a darle nerviosas bocanadas a su puro. En cuanto Nonna posó los ojos en el cigarro, él se atragantó con el humo.

–¿Cómo he podido olvidarlo? –dijo Primo entre dientes, apagando el puro en el cenicero más cercano.

–Hablaremos de eso después –le reprendió la mujer con severidad–. Cuando estemos a solas y no delante de… –comenzó a decir y se interrumpió, sin saber cómo calificar a los recién llegados. ¿Familia? ¿Amigos? Lo más probable era que fueran enemigos, pensó.

–Este es Gabriel –presentó Primo–. Y su futura esposa, Katerina Malloy.

Nonna inclinó la cabeza en un elegante saludo, sin dejar de mostrar hostilidad en la mirada. Su expresión tenía, también, una mezcla de rabia y de rechazo. Sin embargo, Kat percibió en ella una profunda indefensión, una tristeza muy honda. Cuando, al mirar a Gabe, la mujer mayor apretó los labios, adivinó que no era porque estuviera enfadada, sino porque intentaba evitar que le temblaran. Además, tenía los ojos húmedos por las lágrimas, que enseguida comenzaron a rodarle por las mejillas.

Era demasiado para Gabe. Se acercó y se arrodilló delante de su abuela, tomándola de las manos con suavidad.

–No llores. Si mi presencia te causa tanto dolor, me iré. He hecho mal en venir, en pediros este favor.

–Calla –ordenó su abuela en voz baja y lo besó en la mejilla–. Olvida a esta pobre vieja que pensaba que Dominic no podía haber hecho nada bueno. Si hubiera escuchado a mi corazón, me habría dado cuenta de que no es así.

Gabe cerró los ojos, tratando con desesperación de no perder sus corazas. Pero era una batalla perdida. Se desmoronaron delante de la sinceridad de su abuela.

–Debes saber que yo lo desprecio por lo que le hizo a mi madre –confesó Gabe–. Mi propio padre y…

Su abuela lo hizo callar de nuevo.

–¿Qué otra cosa ibas a sentir cuando ni siquiera pudiste conocerlo como todo hijo debería conocer a su padre? Pero ahora nos tienes a nosotros. Al final, has venido a casa para ser uno de los nuestros. Un Dante.

Ella rio con calidez.

–¡Qué testarudo eres! ¿Cómo no vas a ser lo que has sido siempre?

–Soy un Moretti –repuso Gabe, apretando los dientes.

–Y los Moretti… ¿te han acogido? ¿Te han dado lo que los Dante no? –preguntó su abuela, tras dar un respingo.

–No –admitió él tras un momento de silencio–. La familia de mi madre la repudió cuando supo que estaba embarazada sin estar casada.

–Pobre niño –dijo su abuela con lágrimas en los ojos–. No importa. Después de todos estos años, te hemos encontrado, Gabriel. Nunca repudiaremos a ninguno de los nuestros –aseguró con determinación.

–Eso no es verdad. Nos disteis la espalda tras la muerte de Dominic –señaló él, lleno de rechazo. Su abuela había tocado su punto débil–. Sabíais que existíamos, pero no quisisteis aceptarlo.

Nonna miró a Primo alarmada.

–¿Es eso verdad? ¿Sabías de la existencia de Gabriel desde que Dominic murió?

–¿Quién te ha dicho esa mentira? –inquirió Primo a Gabe.

Gabe titubeó y miró hacia Kat, quien le hizo un gesto con la cabeza para animarlo. Él supo que había llegado el momento de ser honesto sin reservas.

–Él nos dijo que lo sabíais. Mi… padre dijo que no queríais conocernos.

Sus abuelos tardaron unos minutos en digerir sus palabras. Entonces, Nonna empezó a mecerse en su silla, sin poder contener las lágrimas.

–Oh, Dominic, ¿qué hiciste? ¿Por qué lo mantuviste apartado? Tu hijo era un inocente. Necesitaba a sus abuelos y tú nunca nos hablaste de él.

Incapaz de verla así, Gabe abrazó a su abuela para consolarla. Luego, sintió el calor de su abuelo, abrazándolos a los dos. En ese momento, supo, sin lugar a dudas, que era uno de ellos.

Pero había alguien más allí. Gabe se giró hacia Kat y ella dio un paso atrás. Lo más probable era que se sintiera una extraña allí. Sin embargo, él no lo permitiría. Ella necesitaba una familia tanto como él. La atrajo a su lado y, en cuanto estuvieron los cuatro juntos, sintió una felicidad inexplicable. Ya no había sensación de pérdida en su corazón, ni de dolor. Solo había amor.

–Bueno. Ya está. Eres uno de nosotros –indicó Primo.

–¿De verdad no sabíais de mi existencia?

–Yo me enteré hace poco. Tu prima Gianna me dijo que te había conocido en su visita a Seattle y que eras clavado a Severo. Entonces, ya sabíamos que Dominic había tenido una aventura con tu madre, pero no fue hasta hace poco que averiguamos que había nacido un hijo de esa unión.

Gabe percibió la sinceridad de sus palabras.

–Gracias.

–Haré que os lleven a ver a mi secretaria, Lucía –indicó Primo–. Se ha ofrecido a planificar la boda. Os ayudará a conseguir la licencia matrimonial. Y, mientras acompaña a la novia a elegir el vestido, Sev te llevará a ver los anillos –añadió con una sonrisa–. ¿Te parece bien?

–¿Sev? –preguntó Gabe, deseando negarse. Sin embargo, sabía que no podía, sobre todo, porque su abuela lo estaba mirando expectante. Estaba claro que los Dante querían hacer todo lo posible para remediar el tiempo perdido y él no podía echarse atrás–. Claro. Antes o después, íbamos a tener que conocernos.

–No será fácil para ninguno de los dos –advirtió Primo–. Pero ya es hora de que conozcas a tu hermano. Intenta recordar que él también es inocente de todo lo que pasó. Él está resentido con Dominic por el daño que le hizo a su madre, igual que tú.

–Pero hay una diferencia –señaló Gabe y tomó la mano de Kat. Su contacto le ofrecía sosiego y paz–. Él ha crecido siendo un Dante. Yo, no.

Kat se enamoró de Lucía desde el primer momento en que la vio, fascinada porque su personalidad fuera tan distinta de la de Gabe. Mientras él solía ocultar sus emociones tras una fachada de impasividad, el rostro de Lucía dejaba traslucir todo lo que pensaba y sentía.

Al poco de conocerse, Lucía le explicó el por qué del saludo especial que tenía con su hermano, formando un puño con la mano y entrelazando los dedos índice antes de abrazarse.

–Es nuestro saludo privado, una especie de código que simboliza que el otro puede contar con nosotros y que lo queremos.

No tardaron nada en conseguir la licencia de matrimonio, tal vez, porque Primo había movido sus contactos para que les dieran preferencia. Solo hubo un momento de tensión, cuando Gabe echó un vistazo a la partida de nacimiento de su prometida.

–¿Esa es tu partida de nacimiento?

–Sí –afirmó ella–. Voy a cumplir veinticinco dentro de dos meses. ¿Por qué?

–¿Solo tenías veinte años cuando...?

–En realidad, tenía diecinueve. ¿Cuántos creías tú?

–Más. No me di cuenta, entonces, de que Jessa era mucho mayor que tú.

–Para que lo sepas, era mayor que tú y que yo.

Gabe negó con la cabeza.

–No puede ser. Ella me dijo... –comenzó a responder él y se interrumpió antes de acabar la frase, sin querer sacar el tema de Jessa delante de su hermana–. Ya lo hablaremos en otro momento.

Cuando terminaron el papeleo, se separaron. Gabe se dirigió a encontrarse con Severo. Cuando se quedó a solas con Lucía para ir de compras, Kat notó que la hermana de su prometido había cambiado de actitud. Parecía pensativa y reacia a hablar con ella. Tal vez fuera porque hubiera atado cabos respecto a quién era ella y lo que había pasado hacía cinco años.

–¿Eres la prima de Jessa?

–Sí –afirmó Kat. Al ver que la otra mujer se mordía el labio inferior, como debatiéndose entre decir lo que pensaba o no, la animó–. Vamos, adelante, di lo que sea.

–De acuerdo –dijo Lucía, tomando aliento–. Yo

odiaba a tu prima. Sé que no se debe hablar mal de los muertos, pero no me parecía buena para Gabe. Si no hubiera muerto en un accidente de coche, ya se habrían divorciado. Te lo garantizo.

Kat se quedó sin palabras.

–Además, habría desplumado a mi hermano antes de dejarlo. Aunque para él habría sido un alivio poder quitársela de encima –continuó Lucía e hizo una mueca–. Lo que él quería era el collar de nuestra madre, que iba a heredar Jessa. Pero, conociendo a Jessa, seguro que habría hecho todo lo posible para manipular a mi hermano y sobornarlo a cambio de Deseo del Corazón. Cielos, espero que tú no seas como ella –le espetó, lanzándole una fiera mirada–. Porque, si lo eres, esta vez no pienso quedarme de brazos cruzados. Acabaré contigo como sea.

Kat tardó unos minutos en procesar toda la información.

–Gabe y yo vamos a casarnos para que él pueda tener Deseo del Corazón y yo pueda reconciliarme con mi abuela. Es solo un matrimonio temporal.

–Ah –dijo Lucía, frunciendo el ceño–. Bueno, pues no va a funcionar.

–¿Por qué?

–¿No lo sabes? ¿Cómo va a ser un matrimonio temporal cuando es obvio que estáis locos el uno por el otro?

Desde ese momento, Lucía y Kat se hicieron buenas amigas. Era extraño, pero agradable. Kat nunca había tenido una amiga que la tratara con tanto afecto, tal vez, porque ella siempre había mantenido su coraza y había temido abrirse a nadie. Por alguna extraña razón, sin embargo, Lucía tenía la capacidad de atravesar cualquier barrera y llegarle al corazón.

–Tenemos mucho trabajo –indicó Lucía, entrando en la primera tienda de novias–. Hay que encontrar el vestido, el velo, la ropa interior, los zapatos, algo muy sexy para la noche de bodas y algo de ropa más por si acaso.

–No necesito más ropa.

–Tal vez, no, ¿pero qué más da? –replicó Lucía, sonriendo–. Luego, te llevaré a un sitio ideal para comprar las flores.

–Mi tarjeta de crédito se va a quedar tiritando.

–No seas tonta –protestó Lucía–. Los Dante pagan.

–Oh, no, claro que no. No puedo permitirlo.

–No puedes negarte –advirtió Lucía con preocupación–. Le romperías el corazón a Primo.

–Me temo que tendrá que soportarlo –aseguró Kat, decidida a no dejarse convencer–. Ya se recuperará.

–No lo entiendes. Para él, sería una ofensa. Y, si ofendes a Primo, ofendes a todos los Dante –explicó Lucía, encogiéndose de hombros–. Es una costumbre italiana.

–A Gabe no le va a gustar –protestó Kat.

–Gabe tendrá que aguantarse, sobre todo, teniendo en cuenta dónde está ahora –opinó Lucía–. Su reunión con Severo no va a ser fácil. Mi medio hermano sigue dolido por lo mucho que nuestro padre hizo sufrir a su madre y, en particular, está dolido con Gabe.

–¿Por qué?

–Supongo que también lo estaría conmigo, si supiera de mi existencia –admitió Lucía con tristeza y fingió concentrar la atención en los vestidos de novia.

–¿Lucía?

–Creo que es por el Fuego de los Dante –confesó Lucía en voz baja.

–No lo entiendo.

–Si Cara Moretti era el alma gemela de Dominic Dante, entonces, la madre de Severo…

–La madre de Severo no lo era –dijo Kat, terminando la frase por ella.

–Eso es. El hecho de que Dominic nunca hubiera amado de veras a la madre de mis hermanastros siempre será un obstáculo entre nosotros.

El chófer de Primo dejó a Gabe en el corazón del distrito financiero. Él tocó el telefonillo para anunciarse ante una puerta de cristal donde podían leerse las letras DE, iniciales de Dante Exclusive. De inmediato, la puerta se abrió.

En el vestíbulo, lujoso y elegante, le recibió la recepcionista, que se quedó anonadada mirándolo. Quizá fuera por su asombroso parecido con Severo, su hermano. Enseguida, lo condujo al ascensor que llevaba al ático. Allí, lo estaba esperando otro empleado.

–¿Quiere algo de beber?

–No, gracias –repuso Gabe, aunque le hubiera sentado bien algo fuerte en ese momento. Pero le costaba aceptar nada de los Dante.

–El señor Dante vendrá enseguida –indicó el empleado y desapareció.

Solo en la habitación, Gabe miró a su alrededor, observando el lujo y cuidado que había en la decoración. Había divanes de tonos gris y blanco, sillas de seda de color rojo, con mesas de cristal, bajo delicadas lámparas que iluminaban sin molestar. Sin duda, las mesas habían sido pensadas para enseñar las exclusivas joyas de Dante´s a sus clientes más selectos.

De pronto, se abrió una puerta y entró un hombre. A Gabe no le cupo la menor duda de que se trataba de Sev. Había supuesto que se parecería a él mismo, pero no tanto. Casi parecían gemelos. Sev también lo miró como si no diera crédito, antes de detenerse junto al mueble bar y servir un licor color ámbar en dos vasos. Se acercó, tendiéndole uno a su hermano.

–Si sientes lo mismo que yo ahora mismo, apuesto a que necesitas un trago tanto como yo.

–Diablos, sí –admitió Gabe, aceptando el vaso.

Los dos bebieron y siguieron mirándose sin ocultar su rechazo.

–¿Quién empieza? –le retó Sev.

–Empezaré yo –repuso Gabe, sin titubear–. Quiero que sepas que, si por mí fuera, nunca te habría conocido. No quiero nada de ti. Nunca.

–Aun así, aquí estás, esperando que te reconozcamos como uno de los nuestros –le espetó Sev–. Pues para que lo sepas, si Primo no hubiera insistido, yo tampoco estaría aquí –continuó, levantando la barbilla igual que su hermano. Tras un largo silencio, añadió–: Bueno, ya ha quedado claro que los dos nos despreciamos y que nos gustaría estar en cualquier sitio menos aquí, ¿ahora qué?

–Ahora que hemos puesto nuestras cartas sobre la mesa, tengo algunas sugerencias –señaló Gabe, tras relajarse un poco.

–¿Quieres otro trago mientras nos seguimos despellejando?

Gabe asintió y Sev rellenó los vasos.

–Teniendo en cuenta lo contentos que estábamos sin conocernos, ¿a qué se debe este cambio? –preguntó Sev.

–Es por el maldito embrujo de los Dante –contestó Gabe, frotándose la mano–. Si no fuera por eso, no estaría aquí. Pero no tengo elección, si quiero proteger a Kat.

–¿Tu novia? –inquirió Sev con un brillo en los ojos–. ¿Experimentasteis el embrujo la primera vez que os tocasteis?

–Sí.

–¿Y para qué quieres que los Dante reconozcan su conexión contigo?

–¿Conexión? Prefiero otra palabra –repuso Gabe al momento.

–¿Otra palabra? ¿Qué te parece bastardo?

Gabe se encogió de hombros. Había escuchado

tantas veces esa palabra referida a él que ya no le hacía daño. Había aprendido a aceptar su origen hacía años.

–¿Crees que insultándome conseguirás algo? ¿Es que piensas que así vas a ofenderme? –replicó Gabe con una dura carcajada–. Soy un bastardo, sí, ¿y sabes por qué? Por lo que nuestro padre me hizo.

–¿Crees que no lo sé? No pasa ni un solo día en que no lo piense.

–Oh, lo siento por ti –se burló Gabe con sarcasmo–. Pobrecito, es muy duro tener un hermano bastardo. Pero no me vengas llorando a mí.

–Diablos. Eres tú quien está en el territorio de los Dante. Si hay alguien que viene llorando eres...

Invadido por la rabia, Gabe lanzó el vaso contra la pared, haciéndolo añicos. Mientras el whisky chorreaba hasta el suelo, intentó respirar para recuperar el control. Una palabra más podía llevarlo al borde del abismo...

–No he venido por mí, idiota –le espetó a Sev–. Yo no quiero nada de ti. He venido por Kat, para protegerla. Por lo que a mí respecta, ya sabes donde te puedes guardar el apellido Dante.

–¿Celoso?

Capítulo Ocho

Aquella sola palabra de provocación dejó al descubierto lo que Gabe había estado negando toda su vida. ¿Cómo lo había hecho Sev? En solo unos minutos juntos, había encontrado su punto más débil y había roto su fachada de hielo.

Tomando aliento, Gabe se obligó a enfrentarse a la verdad que se había estado escondiendo a sí mismo durante tanto tiempo. Con la espalda en tensión, miró a Sev a los ojos, sin ocultar sus oscuros pensamientos. Después de todo, ¿qué importaba lo que ese hombre pensara de él? Lo único que quería era proteger a Kat. Se lo debía, después de lo que le había hecho hacía cinco años.

–Sí. Estoy celoso –susurró Gabe con el corazón encogido por el dolor–. Tú tuviste lo que mi hermana y mi madre hubieran dado cualquier cosa por poseer. Tuviste una vida que nosotros nunca conoceremos. ¿Me culpas por querer la revancha? ¿O por despreciar al hombre que nos creó y nos abandonó?

–¿Hermana? –preguntó Sev, conmocionado–. ¿Tienes una hermana?

Maldición, se dijo Gabe. Se le había escapado. Eso era lo que pasaba cuando se perdían los nervios.

–Una hermana gemela.

–¿Lo sabe Primo?

–No. Todavía, no. Y prefiero que no lo sepa hasta que ella esté preparada para decírselo.

–Ella está... está... –balbuceó Sev, meneando la cabeza.

¿Era preocupación lo que percibía Gabe en su voz? ¿Por qué iba a preocuparle Lucía? A menos que... a menos que los dos fueran más parecidos de lo que quería admitir, pensó, desconcertado.

–¿Está qué?

–Quería decir si está bien. ¿Pero cómo va a estarlo? –reconoció Sev–. Ninguno de nosotros puede estar bien con lo que pasó.

–Lo ha pasado mal durante mucho tiempo –confesó Gabe–. Pero lo está... superando.

Sev se quedó en silencio.

–Descubrí que mi padre había tenido una amante después de su muerte. Encontramos las cartas. Hasta hace poco, no supe que había tenido hijos.

–¿Y si lo hubieras sabido?

–Se lo habría dicho a Primo. Nonna y él nos llevaron a vivir a su casa cuando murieron nuestros padres –explicó su hermano–. Conociendo a Primo, también os habría criado a tu hermana y a ti, como una familia. Aunque hubiera tenido que hacer chocar nuestras cabezas hasta que nos aceptáramos los unos a los otros –añadió con una sonrisa.

–Por lo poco que sé de nuestro abuelo, te creo –repuso Gabe, sonriendo también.

–Mi padre amaba a tu madre. La amaba de un

modo en que nunca amó a mi madre –admitió Sev con la mandíbula tensa–. Tal vez, ahora lo entiendas mejor, si has experimentado el Fuego de los Dante. Mis hermanos y yo somos el fruto de su matrimonio, pero nunca fuimos fruto del amor.

Gabe maldijo entre dientes.

–Pero lleváis su apellido.

–Es cierto. Y tu madre, tu hermana y tú lleváis su corazón –señaló Sev con gesto de amargura–. Así que parece que ambos tenemos algo que al otro le gustaría poseer.

Era una idea extraña, algo que Gabe nunca había pensado.

–¿Y ahora qué?

–Quizá tengamos que aceptar que no podemos cambiar el pasado y seguir adelante con nuestra vida. Igual podemos cambiar el futuro –sugirió Sev e hizo una pausa–. Dime cómo crees que nuestro apellido protegería a tu prometida.

–Necesito que los Dante sancionen nuestra unión para que la prensa no se cebe con Kat.

–¿Por qué iba a hacer eso?

–Fue injustamente acusada de tener una aventura con el novio de su prima, Benson Winters. Era candidato al senado por esa época –explicó Gabe–. Lo encontraron en la cama con él. Pero era inocente.

–¿Estás seguro? –preguntó Sev con desconfianza.

–Es un poco difícil tener una aventura con un hombre sin dejar de ser virgen.

Al instante, la expresión de Sev cambió, como si hubiera aceptado su palabra sin más dudas.

–¿Quién fue el hijo de perra que la acusó? ¿Y por qué iba nadie a querer hacer eso? –inquirió Sev con actitud protectora–. ¿Por qué no le has roto la cara?

–Porque yo soy el hijo de perra que la acusó.

–Tú –dijo Sev, mirándolo como si estuviera pensándose si darle la paliza él mismo–. ¿Por qué?

–Porque la encontré en su cama. Desconozco por qué estaba allí. Todavía –señaló Gabe–. Además, existen otras razones, que solo nos incumben a Kat y a mí, por las que nos interesa que todos crean que nuestro amor es genuino.

–Y asumo que lo es –comentó Sev y se terminó la bebida de un trago–. Al menos, los dos habéis sufrido el embrujo.

Gabe no se molestó en contradecirlo. Los Dante descubrirían la verdad en cuanto Kat y él se divorciaran.

Mientras, podía aprovechar para que alguien le explicara eso del embrujo con un poco más de realismo.

–Ya que sacas el tema...

–¿Es que tienes preguntas sobre el Fuego? –dijo Sev, riendo.

–Le pregunté a Primo, pero...

–Nuestro abuelo cree mucho en cuentos de hadas.

–¿Tú, no? –quiso saber Gabe, aliviado porque su hermano fuera más parecido a él–. ¿Así que solo le seguís la corriente?

–Quieres que te diga que el hechizo desaparecerá. Que no es real.

–No es real.

Sev rio.

–Eso es lo que yo pensaba hasta que toqué a Francesca la primera vez. Y a mis hermanos les pasó lo mismo. Ninguno queríamos creerlo. Luchamos contra ello, pero todos perdimos la batalla. Acéptalo. Si eres un Dante, estás bajo el poder del embrujo.

–¡No soy un Dante!

–Eso es lo que yo pensaba decirte –admitió Sev con disgusto–. Había pensado dejártelo claro a puñetazos, si era necesario. Parece que ambos nos equivocamos. Eres un Dante, nos guste o no.

–Mira, me da igual lo que pienses. Cuando Kat y yo nos casemos, saldremos de vuestras vidas.

–Lo siento, pero no será tan fácil –advirtió Sev–. No puedes ser un Dante de quita y pon. Es todo o nada. Primo y Nonna no permitirán que desaparezcas así como así –añadió y le tendió la mano–. Por mucho que me cueste admitirlo, somos hermanos.

Gabe se quedó mirando la mano que le ofrecía. Adivinó que, si la aceptaba, todo cambiaría. Su vida no volvería a ser la misma. Significaría aceptar algo que había estado negando toda su vida.

Al mirar a Sev a los ojos, se vio a sí mismo. Percibió en ellos la misma pasión y determinación, el mismo instinto protector. Eran los mismos ojos que los suyos, para lo bueno y para lo malo.

Entonces, sin dudar más, le estrechó la mano a su hermano.

***

Cuando Kat se despertó el día de su boda, el cielo amenazaba con lluvias torrenciales. Mirando por la ventana de la habitación del hotel de cinco estrellas, se dejó invadir por el espíritu del día y una lágrima rodó por su mejilla.

Su abuela se acercó a ella.

–También llovió el día de mi boda.

–¿Te trajo mala suerte?

Matilda rio y el sonido de su risa fue como un bálsamo para Kat.

–Nada de eso. Tu abuelo y yo estábamos empapados al final. Pero, gracias a eso... bueno, tuvimos una noche de bodas muy especial.

Kat agachó la cabeza.

–Abuela, siento mucho haberte hecho daño.

–Tranquila, pequeña. No eres tú quien debe disculparse, sino yo. No dejaste de escribirme mientras estabas fuera, a pesar de que yo no te respondía. Dejé que mis prejuicios morales se interpusieran entre nosotras, en vez de aceptar que eras joven e inocente cuando cometiste aquel error. Perdóname por no haber sido la abuela comprensiva que te mereces –rogó su abuela, y la abrazó–. Y pase lo que pase, recuerda siempre que te quiero, Katerina.

–Yo también te quiero, abuelita –afirmó ella y enterró la cabeza en el pecho de la mujer que la había criado. Era como estar de vuelta en su hogar, aunque todo hubiera cambiado, aunque nunca pudiera recuperar la relación que había tenido con ella en el pasado–. No quiero perderte nunca.

–Todavía tenemos tiempo –dijo su abuela, dándole un apretón más–. He traído conmigo el collar. Pensé que igual querías llevarlo hoy.

Kat sonrió encantada.

–Me encantaría. Significaría mucho para Gabe.

Matilda se fue a por su bolso y sacó una cajita de terciopelo. La agarró con fuerza, titubeando un momento.

–Este matrimonio... todo ha sido muy rápido. Tú... ¿amas a Gabe? ¿Es esa la razón por la que te casas?

Oh, cielos. Kat no quería mentir a su abuela. Pero no podía admitir toda la verdad. No se atrevía.

–Sé que es rápido. Pero Gabe te ha explicado lo del Fuego de los Dante, ¿no? –preguntó ella, sin poder evitar sonrojarse–. ¿Sabes cómo funciona?

–Tengo que admitir que me parece muy romántico –comentó Matilda con una cálida sonrisa–. Sentir esa clase de amor desde el primer momento... Y me encanta que sea con Gabe. Adoro a ese muchacho. Me ha gustado siempre.

–Entonces, puedes confiar en que hará lo correcto –aseguró Kat con una sonrisa para tranquilizar a su abuela.

–Sí, sí, claro –repuso Matilda, suspirando aliviada.

Por suerte, no se dio cuenta de que su nieta no había respondido a su pregunta original y le tendió la cajita.

–Hace mucho tiempo que no veo el collar. Si hubiera sabido que ibas a casarte, lo habría mandado limpiar.

Kat abrió la caja y depositó el collar extendido sobre la mesa. Sus diamantes brillaron como el fuego bajo la luz de la lámpara.

–Es espectacular.

Pero algo no andaba bien. Kat lo observó de cerca y se dio cuenta de que no todos los diamantes tenían el mismo brillo que recordaba de la última vez que lo había visto. Acercó la cara, deseando poder tener una lupa. ¿Eran diamantes verdaderos? ¿Habría piedras falsas entremezcladas con las que habían sido sacadas de las minas de los Dante?, se preguntó con un nudo en el estómago.

Era posible, pero muy improbable, pensó.

Tenía que descubrirlo cuanto antes. Y no se atrevía a ponérselo hasta que no estuviera segura. Menos delante de los Dante, que se darían cuenta desde el primer momento si el collar había sido sustituido por una copia.

¿Y Gabe? Si era falso, ¿estaría dispuesto a casarse con ella? ¿O esperaría a que se comprobara su autenticidad?

Debía mantener la calma, se dijo a sí misma. Era un collar antiguo. Era posible que, hacía treinta años, diamantes falsos se mezclaran con los verdaderos en los diseños de Dante.

Entonces, se le ocurrió una idea. Francesca tenía que saberlo. Kat le pediría su opinión a la esposa de Sev. Como diseñadora de joyas, podría determinar si tanto el collar como las piedras eran auténticos.

–¿Sabes? Estoy pensando que, si me pongo el collar, los Dante lo reconocerán –le dijo a su abuela con una sonrisa forzada–. Igual no es muy diplomático ponerme una joya que Dominic le regaló a su amante, aunque fuera la madre de Gabe. No quiero arriesgarme a perjudicar su relación con su familia, ahora que acaban de reconciliarse.

–No lo había pensado –reconoció Matilda, frunciendo el ceño–. Tal vez, puedes dárselo esta noche, como regalo de bodas.

–Es una idea excelente –repuso su nieta, aliviada–. O como regalo de Navidad. ¿Qué te parece?

–Creo que también le gustará.

Alguien llamó a la puerta y, mientras Kat guardaba el collar, Matilda abrió. Era Lucía, preparada para tomar las riendas como coordinadora de los preparativos, acompañada de varias ayudantes.

En menos de un minuto, Lucía puso a todo el mundo a encargarse de alguno de los interminables detalles de la boda. Kat se preguntó si debía contarle a Gabe sus dudas acerca del collar y se propuso buscarlo, pero no quisieron decirle dónde estaba.

–Da mala suerte ver al novio antes de la ceremonia –señaló Gianna.

Todas las mujeres rompieron a reír y una de ellas se lo explicó a Kat.

–El día de su boda, Gianna quería hacerle una confesión a su marido, Constantine, y no podía esperar a después de la boda. Así que entró en su cuarto, retando a la suerte. Se ha convertido en una broma familiar.

–Prometo no entrar en el cuarto de Gabe antes de casarnos, pero…

–No puedes llamarlo tampoco. Primo le ha quitado el móvil. Me hubiera gustado verlo, ha tenido que ser gracioso –susurró Lucía.

Sin saber cómo contactar con él, Kat miró hacia la ventana.

–Parece que el tiempo ha traído mala suerte.

–La lluvia no es de mal agüero –insistió Nonna–. Es buena suerte. Limpia las manchas del pasado. También es símbolo de fertilidad. Hace que las mujeres tengan hijos.

–¿Tendrá un niño o una niña? –preguntó Gianna con jovialidad, guiñándole un ojo a Kat–. Mi abuela tiene un sexto sentido para eso. No se ha equivocado nunca, todavía. ¿Qué dices, Nonna? ¿Niño o niña?

–Sí –respondió Nonna con placidez.

Todas las mujeres rieron.

–Ahí lo tienes –comentó Elia, la madre de Gianna–. Será niño o niña.

A continuación, se dedicaron a colocar a la novia el vestido y el velo. Luego se pusieron a prepararlo todo para el peinado y el maquillaje.

Aprovechando un momento en que no había nadie alrededor de Kat, Nonna se acercó.

–¿Quieres saber lo que vas a tener? –le preguntó Nonna al oído.

–¿Por qué no? Claro –contestó la novia.

–No quería decirlo delante de las demás, ya que se supone que Gabe y tú no debíais haber hecho este bebé antes de la boda –señaló la mujer mayor en voz baja–. Pero ya está hecho. Pronto, estaréis casados y vuestro hijo estará protegido de la vida que Gabriel vivió.

–¿Estoy... embarazada? –inquirió Kat, atragantándose, y se sentó de golpe–. ¿Ya?

–Sí, eso es. De muy poco, según creo. Pero es un alma fuerte, luchadora.

–Un hijo –adivinó Kat–. Dijiste que era un hijo.

–El primero, sí. Luego, seguirán dos niñas. Gemelas y pelirrojas, como tú, pero con los ojos de su padre. El niño tendrá los ojos de tu color –presagió Nonna y sonrió–. Ya veo que no me crees.

–Yo... no sé qué pensar.

–No me ofende. Ya verás como tengo razón. El tiempo lo dirá –señaló la abuela de Gabe y frunció el ceño–. Pero pareces disgustada. ¿Es que no te hace feliz?

–Me hace muy feliz –aseguró Kat–. Aunque no estoy segura de que le gusta a Gabriel.

–¿Por qué no iba a gustarle? –preguntó Nonna, perpleja.

–Porque se vería atado a mí.

–¿Atado? –repitió Nonna, sin comprender–. Gabriel y tú habéis experimentado el Fuego, ¿verdad? –preguntó y, cuando Kat asintió, sonrió aliviada–. No te preocupes por eso. El embrujo se encargará de que no estéis atados.

–¿Quieres decir que su efecto desaparece?

–No, no –negó Nonna, riendo–. No desaparece nunca. Quiero decir que dejaréis de sentiros atados. Sentiréis amor. Te casarás con Gabriel y serás feliz a su lado todos los años de vida que te queden. *¿Capito?*

Kat sí lo comprendía. Pero no estaba segura de creer en ello. Se llevó las manos al vientre, pensando que, si Nonna estaba en lo cierto, la boda era inevitable. Incluso aunque el collar fuera falso. Si Gabe sabía que iba a tener un hijo suyo, no descansaría hasta ponerle una alianza en el dedo, para evitar que el pequeño naciera con el mismo estigma que él.

Por una parte, odiaba atar a Gabe en una unión que él creía temporal. Pero, por otra, no pudo evitar emocionarse al pensar en la vida que crecía dentro de ella.

Un bebé.

La boda fue como un sueño para Kat.

Llevaba un vestido que la había fascinado desde que había puesto los ojos en él, una mezcla perfecta de elegancia y romanticismo. Las mujeres le habían ayudado a ponerse el corsé y el cuerpo del vestido, apretado para que su cintura pareciera de avispa. Le habían colocado la falda, con una cola enorme. Nonna le había llevado una tiara antigua, llena de diamantes de la colección personal de los Dante. El velo de tul iba unido a la tiara y llegaba hasta el suelo, de encaje, a juego con el vestido.

Tras un animado debate sobre cómo debía llevar el pelo, Kat había conseguido imponer su voluntad y llevarlo suelto. Les había explicado que era como a Gabe le gustaba. Así que le habían recogido los lados hacia atrás y habían peinado el resto en rizos cayéndole sobre los hombros y la espalda.

Cuando habían salido hacia la iglesia, la lluvia había cesado y el sol había empezado a brillar a través de las nubes. Sus ayudantes se habían ocupado de que el velo no se le mojara al salir del coche y subir las escaleras de piedra del templo.

Todo era perfecto... si no fuera porque le preocupaba lo del collar. Kat miró hacia la iglesia. Si pudiera hablar con Gabe antes de la ceremonia y darle la opción de cambiar de idea... Antes de que pudiera pensarlo más, Primo se unió a ella, muy elegante con un esmoquin y un puro en la mano.

–Gracias por ofrecerte a acompañarme al altar –dijo ella.

–Es un placer. Estás... como tiene que estar una novia en su día de boda –dijo él con lágrimas de emoción–: Radiante.

–Gracias –contestó ella, conteniéndose para no romper a llorar.

–Estás nerviosa. Es comprensible –observó Primo, tomándole la mano–. Pero no te preocupes. Todo irá bien. Lo sepas o no, os amáis el uno al otro.

–No, no después de tan poco tiempo –negó Kat, meneando la cabeza–. No es posible.

–Es el miedo lo que te impide aceptar la verdad.

Gabriel teme que lo traiciones como su padre traicionó a su madre, eligiendo el dinero por encima del amor. Luego, cuando Dominic nunca volvió a hacerse cargo de él, Gabe perdió su capacidad de confiar. Por eso, es tan cerrado. En cuanto a ti... –indicó Primo–. Sé que tienes miedo, pero no te conozco lo bastante como para adivinar la causa.

–Me temo que también tengo problemas para confiar –confesó ella–. También fui traicionada en el pasado.

–¿Temes que Gabriel te traicione? –preguntó Primo, sorprendido.

–No. Él solo quiere protegerme.

–Ah –dijo Primo con gesto comprensivo–. Y no quieres que confunda su instinto de protección con el amor.

–Sí.

–Gabriel es un Dante. Siempre se sentirá obligado a proteger a los que ama. Es su naturaleza –aseguró el abuelo de Gabe y besó a la novia en la frente–. Por eso, si te protege, es porque te ama.

Kat deseó poder creerlo. Teniendo en cuenta que Gabe había hecho todo lo posible por proteger a Jessa, tenía sus dudas. A pesar de lo que su abuelo decía, no podía amarla después de tan poco tiempo. Por lo tanto, no la protegía por amor, sino por alguna otra razón. Quizá, solo se quería casar con ella para mitigar un sentimiento de culpa, pensó, encogiéndose.

Las campanas de la iglesia sonaron, indicando el comienzo de la ceremonia. Con cuidado, Primo le cubrió la cara con el velo y le dio el brazo, para escoltarla al vestíbulo. Estaba todo decorado con florecitas blancas color nieve y rosas rojas. Alguien le entregó un ramo a juego con la decoración. Luego, las campanas cesaron y un cuartero de cuerda comenzó a tocar, anunciando la llegada de la novia.

Durante un instante, Kat se llenó de pánico. ¿Qué iba a hacer? ¿Se había vuelto loca? Solo conocía a ese hombre desde hacía unas semanas. Ya era bastante malo que se hubiera acostado con Gabe, que le hubiera entregado su cuerpo, su corazón y su alma. Pero terminar de meter la pata casándose, sobre todo, cuando él creía que iba a darle Deseo del Corazón… No podía hacerlo.

Pensaría otro modo de reconciliarse con su abuela, se dijo Kat. Ya casi habían hecho las paces, de todos modos.

En cuanto al collar, insistiría en que su abuela se lo entregara a Gabe. Ella no lo necesitaba, ni lo quería. ¿Y qué pasaría con su embarazo? Cerró los ojos, intentando respirar.

¿Por qué se había puesto un corsé tan apretado?

Primo la urgió a continuar hacia delante, mientras ella se debatía entre seguir o salir corriendo. El camino hacia el altar le parecía interminable, con el suelo lleno de pétalos de rosa. Allí estaba Gabe. Entonces, como si él hubiera percibido su desesperación, se volvió para mirarla y sus ojos se encontraron.

Kat nunca pudo explicar lo que pasó entonces. Algo fuerte e incontrolable la obligó a mirar a

Gabe, a mirarlo de verdad. En su expresión, descubrió un calor que la inundaba como el sol de verano, un deseo irresistible. Pero no era un deseo igual que el que habían compartido cuando habían hecho el amor. Era algo más sagrado, algo que hacía que le ardiera y le latiera el pulso en la palma de la mano.

Entonces, Gabe le tendió la mano, sacando el dedo índice. Era la señal del saludo que tenía con su hermana. Era una forma de decirle, sin palabras, que podía contar con él, que la protegería. Ese simple gesto hizo que toda la tensión de Kat desapareciera. El corazón se le llenó de esperanza y de algo más que no podía identificar.

Y, cuando le dio la mano y entrelazaron sus índices, de pronto, Kat comprendió. Supo lo que llenaba su corazón, invadiéndola de fuerza y esperanza.

Amor.

En ese momento, se dio cuenta de que amaba a Gabe Moretti y supo con absoluta certeza que lo amaría durante el resto de su vida.

Capítulo Nueve

Tras la ceremonia, Kat pasó heroicamente por la interminable sesión de fotos y, a continuación, le presentaron a un número incontable de Dante. Le resultaba imposible asociar los nombres a las caras, por eso, decidió ponerle apodos ella misma, fijándose en sus características.

Los hermanos eran Gabe 2 (Sev), Lengua de Plata (Marco), Spock (Lazz), Rambo (Nicolo). Luego llegaron los primos: el Protector (Luc), el Lobo (Rafe) y el Dragón (Draco). Más difícil fue recordar los nombres de las esposas, con la notable excepción de Francesca.

Kat soportó con aplomo las exigencias del fotógrafo, primero en la iglesia y, luego, en el hotel, durante la fiesta. Al final, Gabe intervino y consiguió que los dejara a solas. Llevó a su nueva esposa a un elegante diván en una esquina y se sentó detrás de ella para darle un masaje en los hombros.

–Me voy a derretir –murmuró ella, cerrando los ojos.

–Lo estás haciendo muy bien. Más que yo si estuviera en tus zapatos.

–No podrías andar con mis zapatos –dijo ella, riendo, y le mostró los altísimos tacones.

–Con esos zapatos sería difícil salir corriendo, eso sí –comentó él–. Cuando te vi entrar en la iglesia, crei que estabas pensando en hacerlo.

–¿Te diste cuenta?

–Nada más verte, pensé que debería haber puesto guardias en la puerta –le susurró él–. Si hubieras intentado escapar, habría salido corriendo detrás de ti.

Segura y relajada, envuelta en la calidez de su abrazo, Kat se giró hacia él. Sus bocas se fundieron en un beso lleno de ternura, amplificando lo que ella había comenzado a aceptar al verlo ante el altar.

El fogonazo de un flash los interrumpió, de pronto. Con una sola mirada, Gabe hizo salir corriendo al fotógrafo.

–Iría a darle un puñetazo, pero me da la sensación de que esa foto tiene que haber quedado muy bien. Voy a querer una copia.

¿Como recuerdo de su matrimonio temporal?, se preguntó Kat. Aunque, quizá, podía convertirse en algo más duradero, pensó esperanzada. A pesar de que hacía poco tiempo que se conocían y a pesar de todo lo que se interponía entre los dos, ella se había enamorado. Y sabía, con toda su alma, que él era su alma gemela.

–Tengo algo para ti –le susurró él al oído–. Iba a dártelo durante la ceremonia, pero pensé que era mejor hacerlo después. Ahora me parece un buen momento.

–¿Qué es?

–Es un anillo de compromiso –informó él y se sacó una cajita de joyería del bolsillo, con el logo de Dante´s–. Tenía que habértelo dado antes de casarnos pero, como todo lo demás en nuestra relación, ha salido al revés.

Gabe abrió la cajita y sacó el anillo. Cuando se lo puso, Kat se quedó sin respiración. Era un diamante impresionante sobre una filigrana de platino, con dos diamantes más pequeños a los lados, con tonos rosados. Parecía un diseño exclusivo de Francesca.

–Oh, Gabe. Es precioso.

–Es parte de la gama Eternidad, de la joyería Dante´s –explicó él con voz llena de emoción–. Cada uno tiene un nombre, algo que yo no sabía cuando lo elegí. La esposa de Sev, Francesca, ha diseñado todos los modelos de la gama.

–Sí, se nota –repuso ella y se dio cuenta de que la joya le resultaba un poco familiar. Al saber por qué, se sintió un poco culpable por no haberle dicho a Gabe lo del collar todavía–. Me recuerda un poco a Deseo del Corazón.

–Tiene su explicación –afirmó él tras un momento de silencio–. Sev me contó que Francesca había hecho los diseños basándose en fotos que había visto de Deseo del Corazón.

Entonces, cuando Kat lo miró a los ojos, percibió en ellos algo más allá de la pasión.

–¿Y cómo se llama este?

–Mi Deseo del Corazón.

–¡Casi el mismo nombre! –exclamó ella, sorprendida–. ¿Por eso lo has elegido?

–Elegí el anillo antes de saber su nombre –explicó él, meneando la cabeza–. Una coincidencia muy extraña, ¿verdad?

Tenía que contarle la verdad, se dijo Kat. Y debía hacerlo en ese mismo momento.

–Gabe…

Antes de que Kat pudiera continuar, Francesca se acercó. Le dio un beso a Kat y sonrió a Gabe con gesto de disculpa.

–Siento interrumpir, parecéis tan felices... Pero Primo quería hablar contigo en privado. Yo puedo acompañar a Kat mientras. Podemos hablar sobre diseño de joyas –se ofreció Francesca–. Me resulta curioso que tu madre fuera diseñadora de joyas y que te hayas casado con alguien que también lo es.

–Sí, lo es –repuso Gabe y se puso en pie–. Si me disculpas, iré a ver qué quiere Primo.

–De hecho, estaba esperando la oportunidad de hablar contigo a solas –le dijo Kat a Francesca cuando él se hubo alejado–. Quería pedirte tu opinión.

–¿Tiene que ver con la joyería?

–Tiene que ver con Deseo del Corazón –asintió Kat–. Me gustaría que le echaras un vistazo.

–¿Lo tienes tú? –preguntó la otra mujer emocionada–. Mataría por ver una pieza del trabajo de Cara Moretti. Tenemos fotos de sus diseños, pero ningún original.

–¿Quieres verlo ahora? Está en mi habitación –indicó Kat y, al posar los ojos en Gabe, se preocupó, pues no parecía muy contento con lo que Primo le estaba diciendo–. Igual tenemos tiempo de subir antes de que haya que cortar la tarta.

Las dos salieron de la fiesta y tomaron el ascensor a la habitación. Alguien había limpiado, ordenando todo el caos que habían dejado allí tras vestir a la novia. Había un ramo de flores en un jarrón, bombones y champán dentro de una hielera. Una suave música de fondo bañaba el ambiente, convirtiéndolo en el escenario perfecto para una noche de bodas.

Francesca suspiró a su lado.

–Es precioso. Tal vez deberías pasar de la fiesta y venir directamente aquí con Gabe.

–Es tentador –admitió Kat, aunque seguía preocupada por Gabe–. Voy a por el collar.

Tras sacarlo de la caja fuerte, lo extendió en una mesa bajo la lámpara y se hizo a un lado, dejándole a Francesca que lo viera.

–¿Tienes una lupa? –preguntó Francesca tras unos segundos. Sonaba preocupada y tensa.

–No.

–Ni yo. Lo ves, ¿verdad? Por eso querías que lo viera.

–Los diamantes… –comenzó a decir Kat y se interrumpió un momento, llena de ansiedad–. Algunas piedras son falsas, ¿no?

–No puedo saberlo con certeza hasta que no lo vea con lupa, pero dudo mucho que estos de aquí sean diamantes de verdad –indicó Francesca, señalando unas cuantas piedras.

Kat cerró los ojos. ¿Cómo era posible? Si el collar era falso, iba a tener que decírselo a Gabe, pensó, cerrando los ojos.

–Francesca, necesito saber... si tiene algo de auténtico. Igual ni siquiera es el collar que diseñó Cara Moretti.

–He visto fotos del collar –señaló Francesca con profesionalidad tras examinar la pieza durante unos minutos–. Parece que es auténtico, aunque algunas piedras han sido sustituidas. No puedo asegurarte cuántas hasta que lo pueda analizar mejor.

–Necesito saber qué ha pasado. Y cuándo fueron vendidas las piedras, si es posible.

–No te pongas nerviosa –aconsejó Francesca y le dio un abrazo–. Todas las piedras de Dante´s son fotografiadas y llevan un código marcado con láser para que podamos seguirles la pista. No sé seguro si estos tenían código, pero te garantizo que podremos averiguar si se han vendido diamantes de este tipo en el mercado. Igual podemos contactar con el comprador y recuperarlas.

–Gracias –dijo Kat, forzándose a sonreír.

Solo había un problema con el plan de Francesca. Kat no tenía suficiente dinero para comprar los diamantes originales. Ni siquiera podía calibrar cuánto costarían.

–Por favor, infórmame cuando sepas algo –pidió Kat, entregándole el collar a Francesca.

–Bueno, pero no te preocupes más. Hoy es un día especial –la animó la otra mujer, dándole la mano–. Vamos, Volvamos a la fiesta. Tienes que partir la tarta.

Kat pasó el resto de la velada como en trance. Solo recordaba con claridad el momento en que Gabe la tomó en sus brazos para el primer baile. Eso y el beso que le dio al terminar la primera canción. Si las circunstancias hubieran sido diferentes, ese beso habría bastado para convertir todas sus esperanzas en la certeza de que su matrimonio sería para siempre.

Pero no era posible. Gabe solo podía sentirse atrapado, caviló ella. Había acudido a él prometiéndole Desco del Corazón. Y él había pedido ayuda a los Dante solo por ella, a pesar de lo mucho que lc había costado reconocer su parentesco con ellos. Además, había sido ella quien se había entregado a él, a pesar de su inexperiencia. Si hubiera sido más lista, si hubiera tomado mejores precauciones, tal vez, no estaría...

Embarazada.

Si Nonna tenía razón y Kat estaba en cinta, eso lo cambiaría todo. ¿Pensaría él que le había tendido una trampa?, se preguntó y cerró los ojos, presa del pánico.

–¿Qué pasa? –le susurró Gabe con preocupación–. ¿Es que te estás arrepintiendo?

–Va todo demasiado rápido –repuso ella, forzándose a respirar–. Igual debimos haber esperado.

–Lo entiendo. Creo que puedo solucionar el problema.

Mientras la banda seguía tocando, Gabe la condujo a una salida. Rodeándola de la cintura, la llevó al ascensor. Antes de entrar en su habitación, la levantó en sus brazos, y se dirigió con ella hasta la cama. Se dejaron caer juntos.

–¿Te he dicho que estás preciosa? –dijo él, sonriendo con ternura.

–Tú también –repuso ella con una sonrisa forzada.

–De acuerdo, el piropo no ha funcionado –observó él–. Tal vez, debamos aclarar unas cuantas cosas. Estamos en la cama y ya sabes cuáles son las reglas, ¿no?

Cielos. Kat lo había olvidado.

–Estoy empezando a odiar el trato de sinceridad que te propuse –se quejó ella.

–Lo siento, pero ha llegado la hora de la verdad. Quiero que me lo cuentes –pidió él, apretando los labios–. Aunque ya tengo algunas sospechas.

Maldición. Sabía lo del collar, pensó Kat. Sabía que ella lo amaba. Sabía que estaba embarazada y él, atrapado en un callejón sin salida.

–Gabe...

–Quieres trabajar para Dante´s –le interrumpió él, pensando que era eso lo que ella iba a decir–. Por eso querías hablar con Francesca.

Kat parpadeó sorprendida. Tardó un momento en reaccionar y poder responder.

–Con todo lo que ha pasado, no hemos tenido tiempo de hablar de mis aspiraciones profesionales. Supongo que tampoco te lo comenté porque...

–Porque temías que creyera que quería usar mi parentesco con los Dante para conseguir un trabajo con ellos –creyó adivinar él.

–Ahora que lo mencionas, no me extrañaría que lo pensaras. Incluso podías creer que te había tendido una trampa desde el principio.

–Nada de eso.

–No lo entiendo. ¿Por qué?

–Porque nadie, ni siquiera Jessa, ni Matilda, sabía que yo era el hijo de Dominic Dante. Ni siquiera mi familia lo sabía –señaló él–. A menos que tú encontraras un modo de descubrirlo…

–No tenía ni idea de que eras un Dante –aseguró ella, mirándolo a los ojos–. Ni quiero que me den trabajo por ser tu mujer. Si me contratan, quiero que sea por mi talento.

–De acuerdo. Entonces, esa cuestión está aclarada, ¿no?

–Sí.

Al ver lo rápido que se desvanecía la sonrisa de Kat, Gabe intuyó que solo había arreglado parte del problema.

–Parece ser que hay algo más que te preocupa. ¿Qué es?

–Nonna dijo… que estoy embarazada.

–¡Solo han pasado tres días! ¿Y ya puede saber si estás embarazada? –replicó él, riendo.

–Suena bastante increíble, ya lo sé, pero todo el mundo dice que tiene buen ojo para eso.

–Eres demasiado crédula –dijo él, quitándole importancia.

–Gabe, en serio, ¿qué pasa si lo estoy?

–Ya lo hablamos en el avión. Estamos casados, ¿no? Si estás embarazada, pensaremos la mejor manera de criar a nuestro hijo. Si eso significa que estemos juntos... –comenzó a decir él con gesto implacable–. Estaremos juntos. Pero no dejaré que ningún hijo mío sufra lo mismo que sufrí yo. Nuestro hijo o hija sabrá quiénes son su madre y su padre, ¿está claro?

–Es que todo va muy rápido. Todavía no hemos superado un obstáculo cuando surge otro –comentó ella, sin poder ocultar su desesperación–. Y hay algo más. Es sobre Deseo del Corazón.

–Ahora mismo, no me interesa nada más que tú y nuestra noche de bodas –aseguró él, menando la cabeza–. ¿Comprendes? Tendremos tiempo para enfrentarnos a los problemas mañana. Pero no aquí, ni ahora. Olvídalo, ¿de acuerdo?

Gabe la besó de nuevo, complacido de notar cómo ella se iba relajando. Por el momento, el recuerdo de Jessa no había interferido entre ellos, al menos, no en la cama. Y él quería que siguiera siendo así. Todavía no había averiguado todo lo que había pasado la noche en que había sorprendido a Kat en la cama de Benson Winters. Había algo oculto, algo oscuro que involucraba a su difunta esposa. Entonces, él no había titubeado en defenderla, sin querer plantearse su posible culpabilidad. Luego, Jessa había muerto solo dos años después de casarse con él, sin dar lugar a que se plantearan demasiadas dudas.

En ese momento, sin embargo, estaba con Kat y no quería pensar en nada más. Era algo que, además, no le costaba nada. ¿Cómo iba a ser de otra manera cuando tenía entre sus brazos a la mujer más hermosa del mundo? Era su esposa y él tenía el deber de protegerla.

Con suavidad, Gabe le desabrochó el vestido de novia y se lo bajó hasta la cintura, dejando al descubierto un diminuto sujetador de encaje. Su piel parecía brillar bajo el delicado tejido que cubría unos pechos irresistibles. Cuando se lo desabrochó, parecía una ninfa medio desnuda, surgida de un sueño.

Él se tomó su tiempo en desnudarla, capa por capa, hasta que solo le quedaba el velo. Caía sobre él, cubriendo su desnudez y dotándola de un halo mágico y etéreo.

–Me gustaría poder hacerte una foto.

–No te atrevas. Ya me han hecho más que suficientes por hoy, gracias.

–Ninguna como esta.

En silencio, Gabe se quitó el traje, absorbiendo el momento con emoción. Kat era su mujer. Y ambos estaban a las puertas de un nuevo comienzo.

La tomó entre sus brazos, sabiendo cómo satisfacerla. Solo él había descubierto los secretos más íntimos de su cuerpo y sabía cómo darle placer con sus caricias.

–Gabe… –susurró ella y le tocó los pezones con la lengua, excitándolo todavía más–. Esta vez, sé qué quiero.

–Dime si es lo mismo que querías la última vez –replicó él con un gemido.

–Eso, también –afirmó ella con una sonrisa llena de sensualidad y se acercó a su oído para musitarle algo que lo dejó sin respiración–. ¿Podemos intentarlo?

–Claro. Todo lo que tú quieras –prometió él–. Tenemos todo el tiempo del mundo.

Se pasaron todo el día siguiente en la cama, el uno en brazos de otro. Sus cuerpos y sus almas parecían encajar a la perfección y ambos percibían que algo había cambiado.

Por la noche, después de hacer el amor con pasión, Gabe se sumergió en la dulzura de su olor, su sabor, su contacto. De pronto, unas palabras pujaron por salir. Estuvo a punto de decirlas, pero no lo hizo. Era como si una barrera invisible lo contuviera. Pero, aunque no lo dijo en voz alta, él lo sabía. Sabía lo que sentía por Kat y sabía que era para siempre.

Gabe, Kat y Matilda volvieron a Seattle al día siguiente. Una vaga sensación de aprensión se fue apoderando de él mientras se alejaban de San Francisco y, por el aspecto que tenía su esposa, sospechó que le pasaba lo mismo.

Era como si estuvieran esperando despertar del cuento de hadas y que el hechizo se rompiera.

Gabe no contaba con que fuera su propia hermana quien rompiera la magia, ni que ocurriera dos días antes de Navidad. Ocurrió cuando, dos días antes de Navidad, sonó el teléfono en su despacho.

–Moretti –contestó él.

–¿Gabe? –dijo su hermana con voz tensa–. ¿Estás ahí?

–¿Lucía? ¿Qué pasa? –preguntó él, adivinando que algo andaba mal.

–Me he enterado de algo sobre el collar de mamá. ¿Sabes que los Dante lo tienen?

–Espera un momento. ¿Cómo es posible? –inquirió él, quedándose helado.

–Kat se lo dio a Francesca el día de vuestra boda –informó Lucía y suspiró–. No lo sabías, ¿verdad?

–No, claro que no. Ni siquiera sabía que Kat lo tenía. ¿Por qué diablos no me lo dio a mí?

–Tal vez, porque es un collar falso –señaló Lucía tras una incómoda pausa–. Al menos, eso aseguran los Dante. Francesca dice que algunos de los diamantes no son auténticos.

–Eran auténticos cuando se lo vendí a Matilda. Hicimos que los tasara un experto.

–Bueno, pues ya no lo son. Han contratado a un detective privado llamado Juice para que se ocupe del caso. Creo que es muy bueno.

–¿Sabía Kat que era falso cuando se lo dio a ellos? –inquirió él con la mandíbula tensa. Al ver que su hermana tardaba en responder, se puso todavía más nervioso–. Contéstame, maldita sea. ¿Sabía que era falso cuando se lo dio?

–Lo siento, Gabe. Sí, lo sabía –informó Lucía, titubeante–. ¿Qué vas a hacer?

–Averiguar la verdad.

Sin decir más, Gabe colgó y se quedó mirando al

vacío. Maldición. Por primera vez en su vida, había estado cerca de confiar en algo de forma incondicional. Se había dejado engatusar por el cuento de hadas y los dulces ojos de Kat.

Había sido un idiota, se reprendió a sí mismo. Kat le había tendido una trampa. No debía haberse fiado de ella, debía haber exigido ver el collar y haberlo hecho examinar por un experto. ¿Cómo podía haber obviado los procedimientos más básicos de cualquier negocio? La razón era que había querido creer en ella.

Gabe se apoyó contra la ventana, con vistas a las calles pintadas de luces de Navidad. La palma de la mano le ardió, recordándole el vínculo que había establecido con Kat, y una voz en su interior le advirtió de que no se apresurara, que debía haber una explicación racional.

Entonces, llegó a la conclusión de que podía hacer dos cosas: podía confiar o podía dar un paso atrás y refugiarse en su mundo, sin Kat.

Capítulo Diez

Mientras iba caminando por las ajetreadas calles llenas de gente haciendo las últimas compras navideñas, a Kat le sonó el teléfono móvil. Después de mirar el identificador de llamadas, respondió, tratando de controlar los nervios. Era Francesca.

–¡Feliz Navidad! ¿Lo tienes todo preparado para el gran día?

–Casi –respondió Francesca, tratando de ocultar su tensión bajo una máscara de entusiasmo–. Solo me quedan dos regalos por envolver y… –comenzó a decir, pero se atragantó con las palabras–. Oh, Kat, lo siento. Tengo malas noticias.

–¿Muy malas?

–Iré al grano. Como temías, algunas piedras son falsas. La parte buena es que el collar es auténtico.

–¿Cuántas son falsas?

–Seis. Las seis más grandes, me temo –señaló Francesca con un suspiro.

–¿Sabes dónde están? –preguntó Kat, haciendo un esfuerzo para poder articular las palabras.

–Sí. No será problema restaurar el collar –aseguró Francesca, tratando de calmarla–. Primo está dando los pasos necesarios para recuperar los diamantes ahora mismo.

–¿Cuánto cuestan? –inquirió Kat en voz baja, al borde de la desesperación.

La cifra era tan alta que Kat se tropezó y tuvo que apoyarse en un escaparate para no caerse de bruces al suelo.

–¿Kat? ¿Estás bien?

–Sí, Francesca, gracias por informarme. Seguimos en contacto, ¿de acuerdo?

–No te preocupes, seguro que Primo llegará a alguna solución con Gabe.

–No, no. El problema es mío. Yo hablaré con Gabe.

Después de despedirse, Kat siguió un rato parada delante del escaparate adornado con figuritas de Navidad. No era de extrañar que su abuela no hubiera querido venderle el collar a Gabe, pensó. Le faltaban unos cuantos diamantes. ¿Pero por qué? ¿Se habría visto obligada a venderlos para costearse el tratamiento de su enfermedad? ¿Y por qué no le había vendido el collar auténtico a Gabe directamente? Él habría pagado cualquier precio.

Solo había una forma de saberlo, se dijo, sin dejar de pensar en Gabe. Debía habérselo dicho antes de casarse. Cuando él supiera la verdad, era probable que perdiera para siempre su confianza en ella. Invadida por un terrible sentimiento de culpa, marcó su número. Él respondió de inmediato.

–¿Puedes salir temprano del trabajo y quedar conmigo en casa de mi abuela?

–Creo que sí. ¿Qué pasa?

–No estoy segura. Voy hacia allá ahora.

–Llegaré dentro de veinte minutos –señaló él, sin perder más tiempo con charlas.

Kat se quedó parada, mientras la nieve caía sobre ella. Su mundo, el que apenas había empezado a construir con Gabe, estaba a punto de derrumbarse. Pero, por alguna razón, sintió un hálito de optimismo.

Quizá, todavía tenía tiempo de enderezar las cosas. Tal vez, un milagro la ayudaría a no perder a Gabe.

Sumida en sus pensamientos, apoyó la mano en el escaparate y sintió cómo le latía la palma y le ardía, recordándole el vínculo que había establecido con él. Y una vocecita en su interior le dijo que debía ir a él y contárselo todo. Debía abrirse al hombre que amaba.

Cerrando los ojos, Kat luchó contra el miedo que, en los últimos cinco años, le había impedido confiar en nadie. Entonces, se dio cuenta de que podía hacer dos cosas: podía confiar en Gabe o podía refugiarse en la seguridad de su mundo, cerrándose a él.

Con resolución, tomó una decisión.

Cuando vio entrar a Gabe en casa de Matilda, todas las esperanzas de Kat quedaron aplastadas. Por su siniestra expresión, él debía de haberse enterado de lo del collar.

–Gabe…

–Creo que tienes algo que decirme –le espetó

Gabe, tras saludar a su abuela con un gesto de la cabeza.

–Primero, debes saber que le di a Francesca el collar de tu madre para que lo examinara –confesó ella, sin poder apartar la mirada de aquellos fieros ojos que la tenían cautiva.

–¿Cuándo?

–El día de nuestra boda.

–¿Por qué?

–Mi abuela me dio Deseo del Corazón la mañana que nos casamos y me sugirió que me lo pusiera en la boda –explicó ella, tragando saliva–. Yo me di cuenta de que algunas piedras parecían falsas, así que decidí no ponérmelo para la ocasión y esperar a saber la verdad. Luego, se lo enseñé a Francesca para que lo examinara. Ella me dio la razón. Algunas piedras no eran auténticas.

–¿Quieres decir que Deseo del Corazón es falso? –preguntó Matilda, alarmada–. No es posible.

–El collar es auténtico –la tranquilizó Kat, apartando la vista de su furioso marido–. Pero algunos diamantes han sido reemplazados.

–No eran falsos cuando le vendí el collar a tu abuela –señaló Gabe, cruzándose de brazos–. Si han sido sustituidos, ha tenido que ser después de que yo se lo diera.

–Eso no es posible –repitió Matilda–. Yo no he tocado el collar en todos estos años.

Kat se apretó las manos, frunciendo el ceño. ¿Por qué no admitía su abuela la verdad? Después de todo, había sido su collar. Si había decidido vender algunas de sus piezas, había estado en su derecho.

–Abuela, debes saber que seis de los diamantes han sido sustituidos –informó Kat–. ¿No sabes nada de eso?

Matilda meneó la cabeza con labios temblorosos.

–Espera un momento –dijo Kat–. Si tú no vendiste los diamantes, entonces ¿quién…?

–Hay… había tres posibilidades –indicó Gabe–. Yo también crei que había sido Matilda y que esa era la razón por la que no había querido venderme el collar en todos estos años. Pero esa teoría falla por dos razones.

–¿Cuáles? –inquirió Matilda, levantando la barbilla con gesto orgulloso.

–Podrías haberme vendido el collar entero, pues sabías que habría pagado cualquier precio.

–¿Y la otra?

–Solo tengo que mirarte para saber que no estás fingiendo –repuso él con amabilidad–. Si hubieras sabido lo que pasaba, no le habrías sugerido a tu nieta que se pusiera el collar en la boda, donde había tantos expertos capaces de descubrir que era falso.

–Y, si no fue Matilda, ¿quién pudo ser? –preguntó Kat, mirando a su esposo con un escalofrío–. ¿Crees que fui yo?

–No, ella no… –se apresuró a decir Matilda, en defensa de su nieta.

–¿Quién si no? La otra opción que queda es Jessa –afirmó él–. Tal vez Kat utilizó los diamantes para poder pagar sus estudios y su estancia de cinco años en Italia. Parece lógico, ¿no?

–¿Es eso lo que crees? ¿Que fui yo? –quiso saber Kat.

–Dime, dulce esposa, ¿cómo, si no, has podido costearte tanta ropa de diseño y tus estudios de diseñadora de joyas? Quizá, fue tu forma de vengarte por lo que Jessa te había hecho y por cómo te había marginado tu abuela, ¿o no?

–Trabajé para ganarme todo lo que tengo –aseguró ella con gesto desafiante–. Tenía tres empleos a la vez, todos los días. Todo lo que he conseguido en los últimos cinco años ha sido sin ayuda de nadie.

–Si tú lo dices…

–Yo lo digo.

–Entonces, solo nos queda una posibilidad –señaló él–. Jessa.

–¿Jessa? –repitió Matilda, encogiéndose.

–Nadie más tenía acceso al collar, ¿verdad?

–No –admitió Matilda en un susurro.

–Entonces, fue Kat o Jessa. Yo no creo que haya muchas dudas sobre quién es la culpable –opinó él, mirando a Matilda–. Fue Kat quien sedujo a Benson Winters. Fue Kat quien traicionó a su prima. Kat adoraba Deseo del Corazón y no pudo soportar la idea de que lo heredara Jessa.

–Calla, Gabe –ordenó Kat, interponiéndose entre él y su abuela–. Si quieres ir contra mí, hazlo en privado, pero no metas a mi abuela en esto. No te dejaré hacerle daño.

–Solo quiero que tu abuela considere los hechos de forma lógica y que llegue a la misma conclusión que yo –explicó él.

Entonces, Kat miró a su esposo a los ojos y percibió algo inesperado. De repente, en su mirada, leyó algo por completo diferente a lo que decían sus palabras acusadoras. No sabía por qué la estaba culpando, pero sabía que él creía en su inocencia. Entonces, en silencio, comprendió que era su turno de demostrar que confiaba en él.

Sin decir nada, Kat se acercó y, muy despacio, le tendió la mano, con el dedo índice extendido. Él entrelazó su dedo con el de ella, mientras el Fuego de los Dante los envolvía y latía en sus venas como el más dulce de los vinos.

–Os devolveré el dinero de los diamantes –dijo Matilda en voz baja–. Pero solo si dejáis que esto quede aquí.

–No te preocupes, abuela. No pasa nada –aseguró Kat y quiso tranquilizarla tomándole la mano.

–No, sí pasa. O tú eres culpable o lo es Jessa –intervino Gabe–. Quiero que Matilda me diga quién fue. Creo que lo sabe, en el fondo de su corazón. Igual que sabe que, hace cinco años, cometió un terrible error. Por eso, te ha pedido que vuelvas a casa. Por eso, se ha inventado que se está muriendo.

–Me estoy muriendo –afirmó Matilda y movió una mano en el aire–. Igual he exagerado un poco respecto al tiempo que me queda. Pero todos morimos algún día, ¿no?

–Oh, abuela, ¿por qué? ¿Tienes idea de lo mucho que he sufrido pensando que iba a perderte muy pronto? –protestó Kat, conmocionada.

–Temía que no volverías a menos que pensaras que me estaba muriendo –reconoció Matilda, con lágrimas en los ojos.

–No digas eso. Claro que quería volver a tu lado. Te quiero. Eres mi única familia –dijo Kat y la abrazó.

–Yo siempre quise dejarle el collar a Kat –reconoció Matilda, mirando a Gabe–. Cuando se lo dije a Jessa, se puso furiosa y tuvimos una discusión. Por eso, se mató, porque salió de mi casa muy alterada.

–No, se mató por conducir de forma temeraria –la corrigió Gabe, que ya no sentía ningún instinto protector hacia Jessa–. Bueno, y ahora que ha quedado aclarado que Kat es inocente, quiero informaros de que sé con certeza que fue Jessa quien vendió los diamantes. De camino hacia aquí, llamé a Primo y él confirmó mis sospechas, después de que su detective hubiera averiguado la identidad de la vendedora.

–¿Lo sabías desde que entraste aquí? –preguntó Matilda, boquiabierta.

–Así es. Pero necesitaba que fuera usted misma quien se diera cuenta de que Kat era inocente.

–No apruebo tus métodos, jovencito. Aunque tengo que admitir que han sido efectivos.

–Mis disculpas –repuso él y se acercó para darle un beso en la mejilla a Matilda–. Ahora, si no le importa, quiero irme a casa con mi esposa. También a ella le debo una disculpa –señaló y, antes de volverse hacia Kat, añadió–: Ya que mañana es Nochebuena, ¿quiere venir a nuestra casa a cenar y a pasar el día de Navidad?

–Gracias, me encantaría.

Cuando Kat y Gabe llegaron a casa, ya había oscurecido y todo estaba cubierto de un manto blanco de nieve. Él llevó a su esposa al salón, donde había encargado que les tuvieran preparado el fuego, se sentó con ella delante de la chimenea y le dio un largo beso.

–Ya que pienso hacerte el amor aquí mismo, creo que se podría aplicar nuestro trato de decirnos siempre la verdad en la cama –señaló él tras un largo silencio–. Cuéntamelo todo sobre Jessa y olvidemos ese tema de una vez.

–Solo sé lo que Benson me contó hace un par días, cuando me llamó para disculparse por haberme juzgado mal –explicó ella–. Lo demás son meras especulaciones –advirtió y continuó–: Jessa y yo no nos llevábamos bien. Teníamos una relación bastante distante. Entonces, Jessa conoció a Benson y se prometió con él cuando estaba en plena campaña. Por lo visto, había muchas probabilidades de que ganara un puesto en el Senado. Sin embargo, el jefe de campaña de Benson supo que su exesposa pensaba sacar un libro con todos sus trapos sucios y se lo dijo a Jessa. Ella no se lo tomó bien.

–¿Y decidió que era hora de cortar su vínculo con Benson?

–Creo que sí –asintió Kat–. Eso explicaría muchas cosas. Una semana después, Jessa me llamó y me dijo que quería que nos lleváramos mejor. Sugirió que quedáramos para cenar, que reserváramos una suite, pidiéramos bebidas y encargáramos un masaje –recordó con el corazón encogido por el dolor de la traición–. Yo me lo crei.

–Tranquila –la consoló él, notando su desolación–. Adivino lo que pasó dcspués. ¿Te drogó y lo preparó todo para que Benson acudiera allí?

Kat asintió.

–Me desperté desnuda en la cama. Y os vi a ti y a Benson –afirmó ella con labios temblorosos y ojos empañados.

–Siento mucho las barbaridades que dije entonces. Jessa me convenció de que habías intentado hacerle daño porque tenías celos de ella, que habías seducido a su prometido. Pero la verdad era que, después de haber averiguado que su carrera iba a caer en picado, a ella ya no le interesaba casarse con él.

–Es posible –admitió ella–. Además, ya había planeado quién lo reemplazaría. Yo pienso que quiso sacar partido de tus instintos protectores –añadió con lágrimas en los ojos.

Gabe la abrazó, dejando que se desahogara de todo el dolor que había estado conteniendo durante los últimos años.

–Dilo, Kat. Di lo que has estado bloqueando en tu interior todo este tiempo, porque sabías que nadie te creería. Dilo ahora, bien alto.

–Soy inocente –musitó ella y volvió a repetirlo varias veces, gritando, entre lágrimas de liberación–. Ahora me siento mucho mejor.

–Bueno, un problema resuelto –comentó él, sosteniéndola entre sus brazos–. Pero queda otro. Hicimos un trato al casarnos, ¿recuerdas? ¿Cómo vas a cumplir tu parte? Te corresponde entregarme el Deseo del Corazón auténtico y completo.

–Sí –reconoció ella, bajando la cabeza–. Pero necesitaría toda una vida para poder pagar lo que cuestan los diamantes que faltan.

–Eso es. Toda una vida.

Entonces, Kat lo miró, sintiendo que renacía la esperanza dentro de ellos con más fuerza que nunca.

–¿Quieres decir que estoy atada a ti para siempre?

–Para siempre.

–Te amo, Gabe Moretti –dijo ella, formando un gancho con el dedo índice.

–Y yo te amo a ti, Kat Moretti –contestó él, entrelazando sus dedos–. Lo sé desde el momento en que hicimos el amor. ¿Aceptas mis condiciones? ¿Te quedarás conmigo toda la vida?

–Por supuesto –dijo ella, sin titubear, radiante de felicidad.

–Pues pasemos al último problema.

–¿Cuál?

–¿Cómo vamos a llamar a nuestro bebé?

–¿Crees que estoy embarazada?

–Según Nonna, es muy probable, ¿no?

–Ella dijo que sería un niño.

–Primo me hizo una sugerencia el día de nuestra boda –apuntó él, con gesto serio.

–¿De eso hablabais cuando Francesca vino a buscarte?

–Sí.

–¿Y qué nombre sugirió?

–Dante –respondió él con un hilo de voz–. Pero no de nombre, sino de apellido.

–¿Y qué le contestaste? –quiso saber ella, emocionada. Sabía que, en un momento de su vida, Gabe lo habría dado todo por poder llevar el apellido de su padre.

–Que, si tú no tenías objeción, sería un placer llevar el apellido de los Dante.

–Tú siempre has sido un Dante –afirmó ella, sosteniendo su rostro con ternura–. Igual que siempre serás mi alma gemela.

–Y tú eres mi Deseo del Corazón.

Radiante, Kat miró cómo su anillo de prometida relucía como el sol. Ese año, la Navidad les había llevado el regalo más preciado para ellos, el regreso de la fe y de la confianza, con la promesa de un futuro lleno de felicidad.

Bianca

El dinero, el talento y la experiencia en la cama
no compensaban un corazón de hielo

Fiestas salvajes, mujeres hermosas, interminables horas de trabajo... nada ayudaba al famoso arquitecto Lucas Jackson a escapar de su oscuro y triste pasado. Cuando llegó al castillo de su propiedad en medio de una tormenta de nieve, lo único que buscaba era el olvido...

Decidida a llevar personalmente unos documentos importantes a su jefe en medio de la tormenta, Emma Gray empezaba a lamentar la misión en la que se había embarcado. Nunca hubiera esperado que el lado oscuro del normalmente serio y reservado Lucas pudiese generar tan primitiva, poderosa e inapropiada reacción.

Una noche sin retorno

Sarah Morgan

¡YA EN TU PUNTO DE VENTA!